W0011111

SCIENCE FICTION

Herausgegeben
von Wolfgang Jeschke

Von Anne McCaffrey erschienen in der Reihe
HEYNE SCIENCE FICTION & FANTASY:

Der Drachenreiter (von Pern)-Zyklus

1. Die Welt der Drachen · 06/3291
2. Die Suche der Drachen · 06/3330
3. Drachengesang · 06/3791
4. Drachensinger · 06/3849
5. Drachentrommeln · 06/3996
6. Der weiße Drache · 06/3918
7. Moreta – Die Drachenherrin von Pern · 06/4196
8. Nerilkas Abenteuer · 06/4548

Dinosaurier-Planet-Zyklus

1. Dinosaurier-Planet · 06/4168
2. Die Überlebenden · 06/4347

Planet der Entscheidung · 06/3314
Ein Raumschiff namens Helva · 06/3354; auch ↗ 06/1008
Die Wiedergeborene · 06/3362
Wilde Talente · 06/4289

Liebe Leser,

um Rückfragen zu vermeiden und Ihnen Enttäuschungen zu ersparen: Bei dieser Titelliste handelt es sich um eine Bibliographie und
NICHT UM EIN VERZEICHNIS LIEFERBARER BÜCHER. Es ist leider unmöglich, alle Titel ständig lieferbar zu halten. Bitte fordern Sie
bei Ihrer Buchhandlung oder beim Verlag ein Verzeichnis der liefer-
baren Heyne-Bücher an. Wir bitten Sie um Verständnis.

Wilhelm Heyne Verlag GmbH & Co. KG, Türkenstr. 5–7, Postfach
20 12 04, 8000 München 2, Abteilung Vertrieb

ANNE McCAFFREY

NERILKAS ABENTEUER

Roman

Deutsche Erstausgabe

Science Fiction

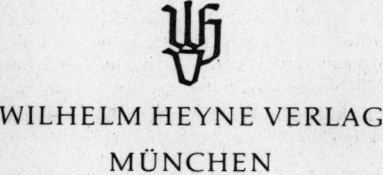

WILHELM HEYNE VERLAG
MÜNCHEN

HEYNE SCIENCE FICTION & FANTASY
Band 06/4548

Titel der amerikanischen Originalausgabe
NERILKA'S STORY
Deutsche Übersetzung von Birgit Reß-Bohusch
Das Umschlagbild schuf James Gurney
Die Karte auf Seite 8/9 zeichnete Christine Göbel

3. Auflage

Redaktion: Friedel Wahren
Copyright © 1986 by Anne McCaffrey
Copyright © 1989 der deutschen Übersetzung
by Wilhelm Heyne Verlag GmbH & Co. KG, München
Printed in Germany 1991
Umschlaggestaltung: Atelier Ingrid Schütz, München
Satz: Schaber, Wels
Druck und Bindung: Elsnerdruck, Berlin

ISBN 3-453-03137-7

Burg Fort

Nerilka	Tochter von Erb-Baron Tolocamp und seiner Gemahlin Pendra
Ihre Geschwister in der Reihenfolge ihrer Geburt:	Campen, Pendora (verheiratet), Mostar, Doral, Theskin, Silma, Nerilka, Gallen, Jess, Peth, Amilla, Mercia & Merin (Zwillinge), Kista, Gabin, Mara, Nia und Lilla
Munchaun	Nerilkas Lieblingsonkel und Tolocamps älterer Bruder
Sira	Tante, Aufseherin über die Webstube
Lucil	Tante, Aufseherin der Kindermädchen
Felim	oberster Koch
Barndy	Burgverwalter
Casmodian	Burg-Harfner
Theng	Wachoffizier
Sim	Nerilkas Knecht
Garben	ein Kleinpächter, Nerilkas Verehrer
Anella	Tolocamps zweite Gemahlin

Harfner- und Heiler-Halle

Meisterheiler Capiam	
Meisterharfner Tirone	
Desdra	Heilergesellin, kurz vor der Meisterprüfung
Fortine	Meister, Stellvertreter von Capiam
Brace	Meister, Stellvertreter von Tirone
Macabir	Heiler im Lazarett

Hügelland-Burg

Bestrum	Herr über die kleine Burg an der Grenze von Fort und Ruatha
Gana	Bestrums Gemahlin
Pol	Renner-Betreuer
Sal	sein Bruder
Trelbin	Heiler von Hügelland, vermißt

Burg Ruatha

Alessan	der junge Erb-Baron von Ruatha
Oklina	seine jüngere Schwester
Tuero	Harfnergeselle, während der Quarantäne auf Ruatha festgehalten
Dag	Alessans bester Renner-Betreuer
Fergal	Dags Enkel
Deefer	Pächter
Baron Leef	Alessans Vater, verstorben
Suriana	Alessans Gemahlin, verstorben, früher Nerilkas Pflegeschwester in der Nebel-Burg

Drachenreiter aus verschiedenen Weyrn

Moreta	Weyrherrin von Fort, Drachenkönigin Orlith
Leri	frühere Weyrherrin von Fort, Drachenkönigin Holth
Falga	Weyrherrin vom Hochland, Drachenkönigin Tamianth
Bessera	Königin-Reiterin vom Hochland, Drachenkönigin Odioth
Kamiana	Königin-Reiterin von Fort, Drachenkönigin Pelianth
G'drel	Reiter von Fort, Bronzedrache Dorianth

B'lerion	Geschwaderführer vom Hochland-Weyr, Bronzedrache Nabeth
Sh'gall	Weyrführer von Fort, Bronzedrache Kadith
M'tani	Weyrführer von Telgar, Bronzedrache Hogarth
S'peren	Geschwaderführer von Fort, Bronzedrache Clioth
K'lon	Reiter von Fort, blauer Drache Rogeth
M'barak	Reiter von Fort, blauer Drache Arith

Sonstige Personen

Ratoshigan	Erb-Baron von Süd-Boll
Balfor	Herdenmeister-Anwärter von Keroon

Zeichnung: Peterka · Ringer · 1980.

Cron Hold

High Reaches Weyr

high reaches

ruath

Ruatha Hold

Nabol Hold

te

Tillek Hold

fort

tillek

Fort Weyr

Ista

Is

boll

Südl. Boll Hold

Pe

Falls der Leser mit der Serie *Die Drachenreiter von Pern* nicht vertraut ist, könnte eine gewisse Verwirrung entstehen. *Nerilkas Abenteuer* spielt in der gleichen Zeit wie der Roman *Moreta – Die Drachenherrin von Pern* und schildert die Geschehnisse aus der Sicht einer Nebenperson.

Die folgende Zusammenfassung der Hintergrund-Ereignisse erleichtert vielleicht das Verständnis der Handlung:

Rubkat im Sagittarius-Sektor war eine goldene Sonne vom G-Typ. Sie besaß fünf Planeten, zwei Asteroiden-Gürtel und einen Wanderstern, den sie angezogen und während der letzten Jahrtausende festgehalten hatte. Als sich Menschen auf Rubkats dritter Welt niederließen und sie Pern nannten, schenkten sie dem Wanderer, der in einer stark ellipsenförmigen Bahn um seine Adoptivsonne zog, wenig Beachtung. Zwei Generationen lang verschwendeten die Kolonisten kaum einen Gedanken an ihn – bis sich der helle Rote Stern im Perihel seiner Stiefschwester näherte. Waren nämlich die Umstände günstig und schoben sich keine anderen Planeten das Systems dazwischen, dann versuchte eine bestimmte Lebensform des Wanderplaneten ihrer unwirtlichen Heimat zu entfliehen und den Raum nach Pern mit seinem gemäßigten, angenehmen Klima zu überbrücken. Zu diesen Zeiten regneten Silberfäden von Perns Himmel, die alles vernichteten, was sie berührten. Die Verluste, welche die Siedler anfangs erlitten, waren erschreckend hoch. Und während des Kampfes ums Überleben ging Perns enge Bindung zum Mutterplaneten verloren.

Um die Gefahr der schrecklichen Fäden in den Griff zu bekommen (die Bewohner von Pern hatten gleich zu Beginn ihre Transportschiffe ausgeschlachtet und auf alle technischen Geräte verzichtet, die auf einem ländlichen Planeten nicht unbedingt nötig waren), arbeiteten weitsichtige Männer und Frauen einen langfristigen Plan aus. In der ersten Phase züchteten sie aus einer einheimischen Lebensform eine spezielle Abart und bildeten Menschen mit starkem Einfühlungsvermögen und telepathischen Fähigkeiten aus, diese Tiere zu steuern. Die Drachen – so genannt nach den mythischen Geschöpfen auf der Erde, mit denen sie Ähnlichkeit aufwiesen – besaßen zwei wertvolle Eigenschaften: Sie konnten ohne Zeitverzug von einem Ort an den anderen gelangen, und sie spien Flammen, wenn sie bestimmtes Phosphorgestein fraßen. Da die Drachen fliegen konnten, waren sie in der Lage, die Fäden mitten in der Luft zu versengen und sich blitzschnell an einen anderen Ort zu begeben, wo ihnen die Plage nichts anhaben konnte.

Es dauerte Generationen, bis das Potential der Drachen voll entwickelt war. Die zweite Phase der Abwehr gegen die tödliche Infiltration sollte aber noch länger dauern. Denn die Fäden, Pilzgeflecht-Sporen ohne jeden Verstand, verschlangen in blinder Gefräßigkeit jede organische Materie und vermehrten sich, sobald sie einmal im Boden eingenistet waren, mit erschreckendem Tempo. Man hatte jedoch einen Wurm entwickelt, der eine Symbiose mit den Fäden einging und verhinderte, daß sie sich im Boden ausbreiteten. Diesen Wurm setzte man auf dem Südkontinent aus. Der ursprüngliche Plan sah vor, daß die Drachen Menschen und Herden aus der Luft schützen sollten, während die Würmer alle Fäden vernichteten, die zu Boden fielen und die Vegetation gefährdeten.

12

Die Leute, die diesen Zweistufenplan ausgearbeitet hatten, bedachten jedoch nicht, daß sich im Laufe der Zeit manches verändern könnte, und sie ließen zudem geologische Besonderheiten außer acht. Der Südkontinent, üppiger und schöner als der rauhe Norden, erwies sich nämlich als instabil, und die gesamte Kolonie mußte schließlich in den Norden ziehen und vor den Fäden Zuflucht in den natürlichen Höhlen der Gebirge suchen, von denen unzählige den gesamten Kontinent durchzogen.

Fort, die erste Siedlung, in die Ostflanke der Großen Westberge gebaut, wurde bald zu eng, um alle Menschen aufzunehmen. Eine neue Kolonie entstand ein Stück weiter im Norden, an einer höhlendurchzogenen Klippe nahe einem großen See. Aber auch Ruatha, wie sich der Ort nannte, war nach wenigen Generationen übervölkert.

Da der Rote Stern im Osten stand, beschlossen die Bewohner von Pern, auch einen Stützpunkt in den Ostbergen zu errichten, falls sich dort geeignete Höhlen finden ließen. Denn nur Felsen und Metall, beides beklagenswert knapp auf Pern, waren ein zuverlässiger Schutz gegen die sengende Sporenplage.

Inzwischen hatte man die geflügelten, feuerschnaubenden Drachen immer größer gezüchtet, so daß sie mehr Raum benötigten, als die Höhlenfestungen boten. Die höhlendurchzogenen Kegel erloschener Vulkane, einer hoch über Fort, der andere in den Benden-Bergen, erwiesen sich als geeignete Unterkünfte, da man sie mit wenigen Mitteln bewohnbar machen konnte.

Die Drachenreiter auf den Höhen und die Bewohner der Burgen und ihrer Dörfer gingen ihren jeweiligen Aufgaben nach, und im Lauf der Zeit entwickelte jede der Gruppen ihre eigenen Gebräuche und Traditionen, die bald so starr wie Gesetze waren. Und wenn ein Fäden-Einfall drohte – wenn der Rote Stern sich am frühen Morgen im Felsenöhr der Sternsteine zeigte, die auf dem Kraterrand jedes Weyrs errichtet waren – dann stiegen die Drachen und ihre Reiter in Geschwadern auf, um die Bewohner von Pern zu verteidigen.

Dann kam eine Spanne von zweihundert Umläufen des Planeten Pern um seine Sonne; in dieser Zeit befand sich der Rote Stern am anderen Ende seines stark ellipsenförmigen Orbits, ein eisbedeckter einsamer Gefangener des fremden Systems. Keine Fäden fielen auf Pern. Die Bewohner tilgten die Spuren der Verheerungen, bauten Getreide an und zogen Obstbäume aus den kostbaren Samen, die sie mitgebracht hatten. Ja, sie dachten sogar daran, die kahlen versengten Berghänge wieder aufzuforsten. Nach und nach vergaßen sie, welche Plage einst ihre Vorfahren um ein Haar ausgelöscht hätte. Dann fielen die Fäden von neuem, als der Wanderplanet in Perns Nähe zurückkehrte; fünfzig Jahre litt die Welt unter dem Sporenangriff aus dem Raum. Die Bewohner von Pern gedachten mit Dankbarkeit ihrer Vorfahren, welche die Drachen gezähmt hatten. Die Geschöpfe mit ihrem Feueratem erwiesen sich auch jetzt als die Retter von Pern.

Die Drachenreiter hatten sich während des langen Intervalls ausgebreitet und gemäß dem alten Verteidigungsplan an vier weiteren Orten niedergelassen.

Mit jeder Generation verblaßte die Erinnerung an die Erde, bis sie den Bewohnern von Pern nur noch als Mythos greifbar war oder ganz in Vergessenheit geriet. Auch die Bedeutung der Südhemisphäre und der dort ausgesetzten Würmer war im unmittelbaren Kampf um die neuen Lebensräume verlorengegangen.

Beim sechsten Auftauchen des Roten Sterns hatte sich ein kompliziertes wirtschaftliches und soziologisches Gefüge entwickelt, mit dessen Hilfe man die stets wiederkehrende Plage zu besiegen hoffte. Die sechs Weyr, wie man die alten Vulkanhorte des Drachenvolkes nannte, verpflichteten sich, Pern in Zeiten der Gefahr beizustehen, wobei jeder Weyr ein genau abgegrenztes geographisches Gebiet im wahrsten Sinn des Wortes unter seine Fittiche nahm. Die übrige Bevölkerung leistete den Weyrn Tribut, denn die Drachenkämpfer besaßen auf ihren Vulkankegeln kein Ackerland und konnten auch kein Handwerk erlernen, da sie in ruhigen Zeiten mit der Ausbildung von Drachen und Jungreitern und bei Fädeneinfall mit dem Schutz der Siedlungen genug zu tun hatten.

Von Felsenburgen überragte Kolonien entstanden überall da, wo sich Höhlen fanden – manche natürlich größer oder strategisch günstiger gelegen als andere. Eine starke Hand war vonnöten, um die verängstigten, hysterischen Menschen während der Fädeneinfälle zu leiten; man brauchte eine kluge Vorratswirtschaft, um Lebensmittel zu lagern, wenn der Anbau stets in Gefahr war, und außergewöhnliche Maßnahmen, um das Volk gesund und produktiv zu halten, bis die Zeit der Gefahr wieder vorüber war.

Leute mit besonderen Fertigkeiten in der Metallverarbeitung, Tier- und Pflanzenzucht, Landwirtschaft, Fischerei und Bergbau schlossen sich innerhalb der größeren Kolonien zu Handwerksgilden zusammen. Sie waren unabhängig von den Burgen, in deren Bereich sie sich befanden, und kein Burgherr konnte die Produkte ›seiner‹ Gildenhallen Bewohnern aus anderen Gebieten vorenthalten. Jede Gilde hatte ihre Meister, Gesellen und Lehrlinge, dazu einen Mann, der den Berufsstand nach außen hin vertrat und verwaltete. Er trug die Verantwortung für die Qualität der Waren, die seine Gilde herstellte, und sorgte dafür, daß die Produkte gerecht verteilt wurden.

Natürlich entwickelten sich im Lauf der Zeit gewisse Rechte und Privilegien der Burgherren und Gildemeister, ebenso der Drachenreiter, von denen in Zeiten der Sporenregen ganz Pern abhing.

Der stärkste soziale Strukturwandel vollzog sich naturgemäß in den Weyrn, da man die Bedürfnisse der Drachen über alle anderen Erwägungen stellte. Die Drachen – das waren die goldenen und die grünen Weibchen sowie die blauen, braunen und bronzefarbenen Männchen. Nur die goldenen Drachenköniginnen legten Eier, die Grünen wurden steril, sobald sie Feuerstein kauten – und das war gut so, da sie einen starken Sexualtrieb besaßen und ihre Nachkommen die Weyr sicher bald übervölkert hätten. Als Kampfdrachen zeigten sie jedoch eine enorme Wendigkeit und Aggressivität und waren unersetzliche Streiter gegen die Fäden. Da die Königinnen keinen Feuerstein fraßen, konnten sie nicht direkt gegen die Sporen anrücken; ihre Reiterinnen setzten jedoch Flammenwerfer gegen die Plage des Roten Stern ein. Die blauen Männchen waren etwas kräftiger als ihre zierlichen grünen Schwestern, während die Braunen und die Bronzedrachen vor allem durch ihre Ausdauer bestachen. Theoretisch erwählte eine Königin jeweils das Männchen, das den langen, anstrengenden Paarungsflug als Sieger bestand. In der Regel waren das Bronzedrachen, und der Reiter, dessen Tier die Königin eines Weyr für sich gewann, übernahm das Kommando über die Kampfgeschwader. Die eigentliche Verantwortung für den Weyr – sei es nun während oder nach dem Vorbeizug des Roten Stern – trug jedoch die Reiterin der Drachenkönigin. Das Geschick der Drachen lag ebenso in ihren Händen wie das der Weyrbewohner. Eine starke Weyrherrin war für das Überleben des Weyr so wichtig wie die Drachen für das Überleben von Pern.

Ihre Aufgabe bestand darin, den Weyr mit allem Nötigen zu versorgen, die hier geborenen Kinder gründlich ausbilden zu lassen, Ausschau nach Reiter-Kandidaten in Burgen und Gildehallen zu halten und sie den frischgeschlüpften Jungdrachen gegenüberzustellen. Da das Leben im Weyr freier und weniger hart war als auf den Höfen und in den Werkstätten und die Drachenreiter zudem ein hohes Ansehen genossen, fehlte es nie an geeigneten Bewerbern. Selbst Angehörige der edelsten Burggeschlechter zählten zu den Drachenreitern.

Nun, im Planetenumlauf 1541 der Zeitrechnung von Pern, da sich der sechste Vorbeizug des Roten Stern seinem Ende nähert, sehen sich die Bewohner der Burgen, Gilden und Weyr einer neuen Gefahr gegenüber, die sie ebenso zu vernichten droht wie der Sporenregen.

KAPITEL I

11. 3. 1553 – Intervall

Ich bin keine Harfnerin, erwartet also keine allzu geschliffenen Worte. Was ich hier niederschreibe, sind persönliche Erlebnisse, so wie sie sich in mein Gedächtnis eingegraben haben – und sicherlich sehr einseitig geschildert. Fest steht, daß ich einen stürmischen Abschnitt in der Geschichte von Pern durchgemacht habe, eine tragische Zeit. Ich gehöre zu den Überlebenden der Großen Seuche und kann mich glücklich preisen, auch wenn die Trauer um die Opfer immer noch tief in meinem Herzen sitzt und wohl nie mehr ganz von mir weichen wird.

Ich glaube, es ist mir allmählich gelungen, dem Tod eine positive Seite abzugewinnen. Selbst die bittersten Selbstvorwürfe bringen die Toten nicht zurück, damit sie uns freisprechen könnten von Schuld. Wie so viele andere denke ich vor allem an die Dinge, die ich *nicht* getan oder gesagt habe, als ich meine Familie zum letzten Male sah.

An jenem verflixten Morgen, da mein Vater, Baron Tolocamp, meine Mutter, Lady Pendra, und vier meiner jüngeren Schwestern ihre Viertagesfahrt nach Ruatha antraten, wünschte ich ihnen weder Lebewohl noch eine gute Reise. Eine Zeitlang, ehe ich zur Vernunft zurückfand, befürchtete ich sogar, daß dieses Versäumnis von meiner Seite ihr Unglück heraufbeschworen habe. Aber eine Menge guter Wünsche begleiteten ihren Aufbruch, und ganz sicher hätten die herzlichen Worte meines Bruders Campen mehr bewirkt als ein widerstrebender, schmollender Abschied von mir. Denn

Campen war während der Abwesenheit meines Vaters Herr über Burg Fort, und er gedachte das Beste aus der Gelegenheit zu machen.

Campen ist ein netter Kerl, auch wenn er keinen Funken Humor oder Feingefühl besitzt. Immerhin meint er es absolut ehrlich. Und da er nichts anderes im Sinn hatte, als meinen Vater durch seinen Fleiß und seine Tüchtigkeit als Verwalter zu beeindrucken, hoffte er natürlich, daß meine Eltern heil und gesund zurückkehren würden. Ich hätte dem armen Campen von vornherein sagen können, daß Vater ihn statt eines Lobes nur anknurren würde, denn Fleiß und Tüchtigkeit erwartete er von seinem Sohn und Erben ohnehin. Außer Campen war noch das gesamte Wachregiment angetreten, um meine Eltern zu verabschieden, dazu die Bewohner der Hütten und die Lehrlinge der Harfner-Halle – eine imposante Kulisse, die jeden Burgherrn zufriedenstellen mußte. Niemand hätte mein Fehlen bemerkt, außer vielleicht meine scharfäugige Schwester Amilla; ihr entging nichts, das sie irgendwann zu ihrem Vorteil nutzen konnte.

Nun, um die Wahrheit zu gestehen: Ich wünschte ihnen zwar nichts Böses, denn wir hatten eben erst einen Fädeneinfall in der Nähe der Winterfelder überstanden, aber freuen mochte ich mich auch nicht. Denn sie hatten mich absichtlich daheim gelassen, und es war mir nicht leicht gefallen, dem Geplapper meiner Schwestern zu lauschen, die fest damit rechneten, auf Ruatha eine große Eroberung zu machen.

Was mich empörte, war die Willkür meines Vaters. Ein Fingerschnippen genügte, um mich von der Reiseliste zu streichen. Menschliche Gefühle spielten für ihn keine Rolle – und wenn doch, dann nur seine eigenen, wie sich nach der Rückkehr von Ruatha herausstellte.

Es gab keinen stichhaltigen Grund, mich auszuschließen. Eine Person mehr hätte die Vorbereitungen meines Vaters nicht im geringsten beeinflußt oder gar eine Unbequemlichkeit für die übrigen Reisenden bedeutet. Als ich mich jedoch bittend an meine Mutter wandte und ihr vor Augen hielt, wie viele der unangenehmsten Arbeiten auf der Burg ich in letzter Zeit übernommen hatte, in der Hoffnung, Alessans erstes großes Fest besuchen zu dürfen, blieb auch sie hart. In der ersten bitteren Enttäuschung besiegelte ich mein Daheimbleiben dann endgültig. Als ich nämlich hervorstieß, daß ich immerhin die Ziehschwester von Alessans verstorbener Gemahlin Suriana gewesen sei, erklärte meine Mutter mit Entschlossenheit:

»Dann wird Baron Alessan nicht gerade scharf darauf sein, dein Gesicht zu sehen. Er soll auf diesem Fest nicht an das vergangene Leid erinnert werden.«

»Er hat mein Gesicht doch nie gesehen«, widersprach ich. »Aber Suriana war meine Freundin. Du weißt, daß sie mir viele Briefe von Ruatha schrieb. Wäre sie noch am Leben und Burgherrin, hätte sie mich als ihren persönlichen Gast eingeladen. Davon bin ich überzeugt.«

»Sie liegt jetzt seit einer Planetenumdrehung im Grab, Nerilka,« erinnerte mich meine Mutter kühl. »Baron Alessan muß eine neue Gemahlin wählen.«

»Du glaubst doch nicht im Ernst, daß meine Schwestern die geringste Chance haben, Alessans Aufmerksamkeit zu erringen ...«, begann ich.

»Nerilka! Wenn du schon selbst keine Würde besitzt, dann solltest du wenigstens stolz auf deine Familie sein«, hatte mich meine Mutter wütend getadelt. »Fort ist das älteste Geschlecht weit und breit, und es gibt keine Familie auf Pern ...«

»... die etwas mit den häßlichen Fort-Töchtern dieser Generation zu tun haben möchte! Dein Pech, daß du

Silma so schnell unter die Haube gebracht hast. Sie war die einzig Hübsche von uns allen.«

»Nerilka! Ich bin sprachlos. Wenn du jünger wärst ...«

Selbst jetzt, da sie sich zornig aufrichtete, mußte Mutter zu mir aufschauen, eine Haltung, die sie sicherlich nicht milder gegen mich stimmte.

»Da ich es nun mal nicht bin, soll ich während deiner Abwesenheit wohl wie üblich das Gesinde beim Baden überwachen.«

Ihr Gesichtsausdruck verschaffte mir eine gewisse Befriedigung, denn das war genau die Aufgabe, die sie mir zugedacht hatte. Disziplin auf der Burg ging meiner Mutter über alles.

»Ganz recht. In der kalten Jahreszeit verschwenden diese Leute einfach zuviel warmes Wasser und Waschsand. Und wenn das erledigt ist, kümmerst du dich um die Schlangenfallen in den Vorratshöhlen.« Sie begann mit erhobenem Zeigefinger vor meiner Nase herumzufuchteln. »Ich finde, daß dein Betragen in letzter Zeit sehr zu wünschen übrigläßt, Nerilka! Sorge dafür, daß sich das bis zu meiner Rückkehr ändert, sonst sehe ich mich gezwungen, deine Freiheiten zu stutzen und deine Pflichten zu vermehren. Und wenn meine Autorität nicht ausreicht, wird mir keine andere Wahl bleiben, als deinen Vater einzuschalten.« Damit ließ sie mich allein. Ihre Wangen glühten vor Ärger über meine Aufsässigkeit.

Ich verließ ihre Räume mit hocherhobenem Kopf, aber die Drohung, daß sie Vater zu Hilfe holen würde, verfehlte ihre Wirkung nicht. Er schreckte nicht davor zurück, seine Töchter persönlich zu bestrafen, egal ob sie klein oder bereits erwachsen waren.

Später, als ich Zeit fand, über das Gespräch mit meiner Mutter nachzudenken (an den Badeteichen, wo ich mit grimmiger Miene dafür sorgte, daß sich die Mägde mit viel Sand den Rücken schrubbten und den Schmutz mit reichlich warmem Wasser herunterspülten), bedauerte ich meine voreiligen Worte in mehr als einer Hinsicht. Ich hatte vermutlich meine Chance vertan, in dieser Planetenumdrehung noch ein Fest besuchen zu dürfen, und ich hatte meine Mutter unnötig gekränkt.

Es lag bestimmt nicht an ihr, daß sie so unscheinbare Töchter in die Welt gesetzt hatte. Selbst jetzt um die fünfzig war sie noch eine ansehnliche Frau – und das, obwohl sie nicht weniger als neunzehn Kinder geboren hatte. Auch Baron Tolocamp galt als gutaussehender Mann. Er war groß und kräftig, vor allem zeugungskräftig, denn die Fort-Horde, wie die Harfner-Lehrlinge uns spöttisch nannten, waren längst nicht seine einzigen Nachkommen. Was mich besonders in Wut versetzte, war die Tatache, daß die meisten seiner unehelichen Töchter sehr viel hübscher waren als die ehelichen – mit Ausnahme von Silma, meiner nächstjüngeren Schwester.

Ob ehelich oder unehelich – hochgewachsen und robust waren wir alle. Das ließ sich nicht ändern, auch wenn solche Eigenschaften besser zu jungen Männern als zu Mädchen paßten. Vielleicht urteilte ich auch zu pauschal; meine jüngste Schwester Lilla entwickelte sich allmählich zu einem hübschen jungen Ding und hatte auch einen zierlicheren Körperbau als wir anderen. Die größte Ungerechtigkeit aber war, daß meine Brüder Campen, Mostar, Doral, Theskin, Gallen und Jess all das besaßen, was uns fehlte: schwarze, dichte Wimpern anstelle der struppigen paar Härchen, die uns zierten; große dunkle Augen – die unseren waren fahl und wäßrig – und gerade edle Nasen, während sich die unseren zu wahren Haken krümmten. Sie hatten weiches welliges Haar, wir Mädchen dagegen struppige

Borsten. Mein Haar, das offen bis zur Taille reichte und das ich meist in Flechten aufsteckte, war kohlschwarz; es gab meiner Haut ein fahles Aussehen. Aber die Schwestern, die nach mir kamen, waren noch schlimmer dran; ihre dunkelblonden Strähnen ließen sich weder durch Kräuter noch durch Spülungen aufhellen. Die ungerechte Verteilung empörte mich um so mehr, weil häßliche Männer bestimmt nicht ledig blieben – besonders jetzt nicht, da der Vorbeizug des Roten Sterns fast abgeschlossen war und der Baron von Fort seine Ländereien ausdehnen konnte. Für häßliche Mädchen gab es dagegen keine Chance.

Ich hatte längst die romantischen Träume anderer junger Frauen aufgegeben, ja selbst die Hoffnung, daß der Rang meines Vaters mir den Mann verschaffen würde, den ich meines Aussehens wegen nicht bekam. Aber ich reiste gern. Ich liebte das bunte Treiben und die ungezwungene Atmosphäre eines Festes. Und ich hatte mir so gewünscht, Baron Alessans erstes großes Fest als Erbbaron mitzuerleben. Ich wollte wenigstens aus der Ferne den Mann sehen, der die Liebe und Bewunderung von Suriana aus der Nebel-Burg errungen hatte – Suriana, deren Eltern mich als Pflegetochter aufgenommen hatten; Suriana, meine beste Freundin, die mühelos all das gewesen war, was ich nicht sein konnte, und die uneingeschränkt ihre Freundschaften mit mir geteilt hatte. Alessan konnte nicht mehr als ich getrauert haben, als sie bei jenem Sturz vom Renner umkam, denn der schreckliche Unfall nahm mir ein Leben, das ich mehr schätzte als mein eigenes. Es ist keine Übertreibung, wenn ich sage, daß ein Teil von mir mit Suriana starb. Wir hatten uns wortlos verstanden, beinahe wie Drache und Reiter. Wir lachten über die gleichen Dinge und sprachen wie aus einem Mund den gleichen Gedanken aus. Jede spürte sofort, was in der anderen vorging, und unser Zyklus stimmte stets auf die Minute überein, ganz gleich, welche Entfernung uns trennte.

In jenen glücklichen Jahren auf der Nebel-Burg sah ich auch besser aus. Vielleicht war ein Widerschein von Surianas Lebhaftigkeit auf mich gefallen. Ganz sicher hatte ich in ihrer Gesellschaft mehr Mut. Ich jagte mit meinem Renner über halsbrecherische Pfade, immer dicht hinter Suriana her. Und selbst bei heftigen Stürmen segelte ich in unserem kleinen Boot über den Fluß und ins Meer hinaus. Suriana besaß noch andere Vorzüge. Sie hatte einen klaren hellen Sopran, der meine Altstimme voll zum Klingen brachte. Auf Burg Fort verlor meine Stimme an Kraft und Ausstrahlung. Suriana zeichnete mit kühnen sicheren Strichen und stickte so fein, daß man ihr selbst die kostbarsten Gewebe aushändigte. Unter ihrer ruhigen Anleitung lernte auch ich so gut zu sticken, daß meine Mutter mich hin und wieder widerwillig lobte. Nur als Heilerin übertraf ich Suriana – aber was nützte mir dieses Talent? Als Tochter eines Erbbarons konnte ich keine Ausbildung in der Heiler-Halle machen. Und schon gar nicht, wenn es sich als so praktisch erwies, meine Dienste kostenlos in Anspruch zu nehmen – in den düsteren Kräuterküchen von Burg Fort.

Heute schäme ich mich der harten, unbedachten Worte, die ich an jenem Tag meiner Mutter ins Gesicht schleuderte. Aber ich war zu enttäuscht und gekränkt, um meinen glücklicheren Schwestern eine gute Reise zu wünschen. Bald darauf zeigte sich nämlich, daß dieses ›Glück‹ in Wahrheit ein Verhängnis war. Doch wer hätte das ahnen können, als sie an jenem sonnigen Tag gegen Ende der Winterzeit nach Ruatha aufbrachen?

Wir wußten von dem seltsamen Geschöpf, das Seeleute aus dem Meer gefischt hatten, denn mein Vater hatte darauf bestanden, daß alle seine Kinder die Trommel-Kodes erlernten. Und da wir in der Nähe der Harfner-Halle lebten, entging uns kaum ein großes Ereignis des Nord-Kontinents. Allerdings war es uns verboten, die Trommelbotschaften auszuplaudern; sie galten als geheim, und man hatte Angst, daß sie zu den falschen Leuten gelangten. Jedenfalls hatten wir erfahren, daß man in Keroon eine unbekannte Raubkatze aus dem Süden zur Schau stellte. Und bald darauf erhielt Meister Capiam die Botschaft, daß er sofort nach Igen kommen solle, um eine seltsame Krankheit zu untersuchen, die sich dort ausbreitete. Natürlich hatte ich keine Ahnung, daß ein Zusammenhang zwischen den beiden Nachrichten bestehen könnte. Aber ich greife den Ereignissen vor.

Meine Eltern und vier meiner Schwestern – Amilla, Mercia, Merim und Kista – begaben sich also zu dem verhängnisvollen Fest von Ruatha. Sie wählten den Weg durch die Nordgebiete von Fort, weil mein Vater die Absicht hatte, unterwegs einige seiner Pächter zu überprüfen. Ich blieb daheim, obwohl ich der Ansicht war, daß ich als einzige einen Anspruch auf diese Reise hatte.

Zum Glück gelang es mir, Campen aus dem Weg zu gehen; er hatte sicher ein paar Sonderaufgaben für mich bereit, um sich bei Vater wichtig zu tun. Campen liebte es, Pflichten zu delegieren, und da es ihm meist gelang, die Knochenarbeit anderen aufzuhalsen, blieb ihm genügend Energie, die Ergebnisse der anderen zu kritisieren und wichtige Ratschläge zu erteilen. Er besitzt viel Ähnlichkeit mit unserem Vater. Wenn er eines Tages die Burg übernimmt, wird sich für mich nicht das geringste ändern.

Das Sammeln von Kräutern, Wurzeln und anderen Arzneipflanzen gehörte jedoch zu meinen wichtigsten

Aufgaben und genoß Vorrang vor Campens Befehlen. Was mein Bruder nicht ahnte, war der Umstand, daß es gegen Ende der kalten Jahreszeit wenig zu sammeln gab; aber ich rechnete nicht damit, daß mich jemand bei ihm anschwärzte. Ich nahm Lilla, Nia, Mara und Gaby zu einem ausgedehnten Streifzug durch die Wiesen und Felder mit. Wir kehrten mit Frühkresse und wilden Zwiebeln zurück, und Gaby schaffte es zu seiner eigenen Verblüffung, mit einem gutgezielten Lanzenwurf einen Wildwher zu erlegen. Der Erfolg unseres Nachmittagsausflugs entlockte sogar Campen ein Lob, doch während des ganzen Abendessens nörgelte er über die Faulheit des Gesindes, das nur dann ordentlich arbeitete, wenn man es streng überwachte. Das klang so nach den Worten meines Vaters, daß ich unwillkürlich von meiner Wherkeule aufschaute, um mich zu vergewissern, daß Campen und nicht Baron Tolocamp gesprochen hatte.

Ich weiß nicht mehr genau, wie ich die nächsten Tage verbrachte. Es geschah nichts Bemerkenswertes – bis auf die häufigen Trommelbotschaften, in denen dringend nach Meister Capiam verlangt wurde und die ich zu jenem Zeitpunkt nicht weiter beachtete. Der fünfte Tag zog strahlend und klar herauf, und ich hatte mich so weit von meiner Enttäuschung erholt, daß ich hoffte, auf Ruatha würde zum Fest ebenfalls schönes Wetter herrschen. Ich wußte, daß meine Schwestern keine Chance hatten, Alessan zu erobern, aber vielleicht fand sich in der Menge der Festgäste die eine oder andere Familie, die Vater als vornehm genug für eine seiner Töchter erachtete. Besonders jetzt, da sich der Vorbeizug des Roten Sterns seinem Ende näherte und die Höfe und Burgen ihren Grundbesitz erweitern konnten. Baron Tolocamp war nicht der einzige, der sein Siedlungs- und Ackerland zu vergrößern gedachte. Wenn mein Vater nur nicht so dünkelhaft in der Wahl seiner Schwiegersöhne gewesen wäre ...

Ein Mann hatte um meine Hand angehalten, das gestehe ich mit einer gewissen Genugtuung. Mir hätte es nichts ausgemacht, eine neue Heimstatt zu gründen – und wenn ich sie eigenhändig aus den Klippen hätte meißeln müssen! Zumindest wäre ich meine eigene Herrin gewesen. Garben stammte aus dem Geschlecht Tillek und hatte ehrbare Vorfahren. Ich mochte ihn auch, aber weder er noch sein Besitz hatten Gnade vor meinem Vater gefunden. Garben war, was mich mit Stolz erfüllt, noch zweimal gekommen, um sein Angebot zu wiederholen (und konnte jedesmal von einer Vergrößerung seines bescheidenen Anwesens berichten), aber mein Vater hatte ihn abgewiesen. Hätte man mich gefragt, ich wäre ihm gefolgt. Amilla, die das wußte, hatte bissig bemerkt, ich nähme wohl jeden Mann, der des Weges kam. Vielleicht. Aber Garben gefiel mir. Er war einen halben Kopf größer als ich, und wir paßten zusammen. Nun, seit seinem letzten Antrag waren fünf Planetenumläufe vergangen.

Suriana hatte um meine Lage und meine Enttäuschungen gewußt und mir mehrmals geschrieben, daß sie Baron Leef bitten wolle, mich zu einem längeren Besuch nach Ruatha einzuladen. Sie hatte gehofft, daß er ja sagen würde, wenn sie erst schwanger war. Aber mit dem Tod Surianas war selbst dieser Hoffnungsfunke erloschen, zerstört von dem wilden jungen Renner, der sie abgeworfen hatte. Vermutlich war sie wie immer zu schnell geritten. Sie hatte mir anvertraut, daß Alessan einige ungemein wendige Renner gezüchtet hatte – hinter dem Rücken seines Vaters, der mehr Wert auf ausdauernde, robuste Zugtiere legte. Über den Hergang des Geschehens hatte ich auch nicht mehr erfahren als alle anderen: Suriana war von einem Pferd gestürzt und hatte sich das Genick gebrochen. Obwohl man sofort Meister Capiam kommen ließ, starb sie, ohne noch einmal das Bewußtsein zu erlangen.

Ich bespreche viele medizinische Dinge mit dem Meisterheiler von Pern, und er schätzt mein Talent und mein Wissen. Aber er verlor kein Wort über die Tragödie auf Ruatha.

KAPITEL II

11. 3. 43 – 1541

Zu meinem Kummer begann die neue Tragödie von Ruatha genau zur gleichen Stunde, da ich von Surianas Tod erfahren hatte. Der Turm auf den Trommlerhöhen der Harfner-Halle erdröhnte unter Capiams Quarantäne-Befehl. Ich maß gerade Gewürze für den Küchenaufseher ab und hatte Mühe, meine Hand so ruhig zu halten, daß ich die kostbaren Zutaten nicht verschüttete. Mit letzter Beherrschung – der Küchenaufseher verstand den Trommel-Kode nicht, und ich wollte abends etwas Eßbares auf dem Tisch sehen – beendete ich die Arbeit, verschloß sorgfältig das Glas, stellte es an seinen gewohnten Platz und sperrte den Vorratsschrank zu. Die Trommelbotschaft erklang ein zweites Mal, als ich die Wohngemächer der Burg erreichte, aber ihr Wortlaut unterschied sich nicht von der ersten. Campen rief aus seinem kleinen Büro nach mir und verlangte eine Erklärung, aber ich achtete nicht darauf.

Zum Glück strömten so viele Menschen zur Harfner-Halle, daß meine unziemliche Hast nicht weiter auffiel. Im Hof wimmelte es von aufgeregten Lehrlingen und Gesellen der Harfner- und Heiligengilde. Da beide Zünfte stets auf strenge Disziplin achteten, entstand keine Panik. Aber die Besorgnis war unverkennbar, und Fragen machten die Runde.

Ja, man hatte nicht nur in den Zuchthöfen von Keroon und in der Seeburg Igen nach Meister Capiam verlangt. Telgar benötigte seinen. Es ging das Gerücht um, daß kein Geringerer als der Weyrherr Sh'gall von Fort den Meisterheiler mit seinem Bronzedrachen Kadith zum Fest von Ista und anschließend zu Baron Ratoshigan von Süd-Boll gebracht hatte.

In diesem Moment erschienen Meister Fortine und Meister-Anwärterin Desdra von der Heiler-Halle sowie die Meister Brace und Dunegrine von der Harfner-Halle auf der breiten Freitreppe. Die Gespräche verstummten.

»Ihr macht euch natürlich Sorgen wegen der Trommelbotschaft«, begann Meister Fortine, nachdem er sich nachdrücklich geräuspert hatte. Fortine weiß eine Menge über die Kunst des Heilens, aber ihm fehlt die Wärme und Menschlichkeit von Meisterheiler Capiam. Als er nach einer kleinen Pause mit seiner Rede fortfuhr, hatte seine Stimme einen schrillen Unterton: »Aber ihr wißt sicher, daß Meister Capiam eine solche Notmaßnahme niemals ohne zwingenden Grund befehlen würde. Ich bitte alle Harfner oder Heiler, die eines der beiden Feste besucht haben, sich zu Heilerin Desdra in den Kleinen Saal zu begeben. Ich selbst möchte im Großen Saal zu den Heilern sprechen. Meister Brace ...«

Der Angesprochene trat einen Schritt vor, rückte den Gürtel zurecht und räusperte sich ebenfalls. »Da Meister Tirone im Moment unterwegs ist, um den Streit der Bergleute zu schlichten, übernehme ich als Rangältester in dieser Zeit der Krise die Führung der Gilde, bis der Meisterharfner zurückkehrt.«

»... und hoffst, daß Tirone von der Quarantäne oder gar von der Krankheit erwischt wird ...«, murmelte ein Lehrling in meiner Nähe. Die anderen brachten ihn durch Rippenstöße zum Schweigen.

Ehe Tirone zum Meisterharfner gewählt wurde, hatte er Baron Tolocamps Kinder unterrichtet, und ich kannte den Mann ziemlich gut. Er hatte seine Fehler, aber er besaß eine volle, einschmeichelnde Stimme, die selbst dem gleichgültigsten, abweisendsten Zuhörer unter die

Haut drang, ganz gleich welche Botschaft der Harfner zu verkünden hatte. Wie es hieß, konnten nur Männer mit einem eindringlichen Bariton an die Spitze der Harfner-Gilde gewählt werden. Und selbst Leute, die Tirone nicht mochten, mußten eingestehen, daß er bisher nur ein einziges Mal als Schlichter versagt hatte – als er heiser war. Ansonsten gelang es ihm mühelos, die jeweiligen Gegner zur Annahme seiner Entscheidungen zu bewegen.

Ich selbst hatte den Meisterharfner bei seinen Überredungskünsten noch nicht beobachtet, denn selbst er hütete sich, dem Erbbaron von Fort allzu nahe zu treten – trotz der Autonomie seiner Gilde.

Was mir eigenartig erschien, war die Tatsache, daß Meister Brace diese Ankündigung überhaupt machte und daß Desdra und Fortine die Heiler-Halle vertraten. Wo befand sich Meister Capiam? Es sah ihm gar nicht ähnlich, eine unangenehme Aufgabe auf andere abzuschieben. Während sich Harfner und Heiler zu den Versammlungssälen begaben, entfernte ich mich von der Halle – sehr besorgt und keine Spur klüger als zuvor.

Meine Mutter, meine vier Schwestern und mein Vater saßen also auf Ruatha fest. Mit einer gewissen Rachsucht dachte ich, daß es ihnen jetzt vielleicht leid tat, mich nicht mitgenommen zu haben. Ich besaß beachtliche Talente als Heilerin, auch wenn ich sie außerhalb der Familie selten anwenden durfte. Im nächsten Moment schämte ich mich meiner Gedanken und richtete die Schritte zu den unteren Höhlen der Burg, wo sich die Vorratsräume befanden.

Wenn diese Krankheit eine Quarantäne erforderte, dann lohnte es sich vielleicht, unsere Arzneien zu überprüfen. Zwar besaß die Heiler-Halle Medikamente für alle möglichen Notfälle, aber von den Burgen und größeren Höfen wurde erwartet, daß sie sich einige Vorräte für den Eigenbedarf anlegten. Und die besondere Situation erforderte vielleicht seltene Kräuter und Heilpflanzen, die wir nicht in ausreichender Menge gesammelt hatten. Leider erspähte mich Campen. Er schoß auf mich zu, schwer schnaufend wie immer, wenn er aufgeregt war.

»Rill, was ist los? Stimmt das mit der Quarantäne? Soll das etwa heißen, daß Vater auf Ruatha bleiben muß? Was tun wir jetzt?« Dann fiel ihm ein, daß es unter seiner Würde als Stellvertreter des Burgherrn war, den Rat von Untergebenen einzuholen – ganz besonders den seiner Schwester. Er räusperte sich heftig, blähte die Brust und setzte eine so strenge Miene auf, daß ich ein Lachen unterdrücken mußte. »Haben wir genügend frische Kräuter für unsere Leute im Haus?«

»Mehr als genug.«

»Laß die schnippischen Antworten, Rill! Dazu ist jetzt nicht der rechte Augenblick.« Er sah mich mit düster gerunzelter Stirn an.

»Ich bin dabei, die Arzneien zu überprüfen, Bruder, aber ich kann schon jetzt ohne Übertreibung sagen, daß unsere Vorräte jedem Notfall gewachsen sind.«

»Sehr gut. Ich erwarte von dir ein schriftliches Verzeichnis aller gelagerten Medikamente und Kräuter.« Er tätschelte mir die Schulter, als sei ich sein Lieblingshund, und trollte sich schnaufend. Mit einer gewissen Genugtuung stellte ich fest, daß er nicht recht wußte, wie er sich in dieser Katastrophe verhalten sollte.

Manchmal bin ich entsetzt über die Verschwendung in unseren Vorratshöhlen. Im Frühling, Sommer und Herbst sammeln wir Unmengen von Kräutern, Obst und Feldfrüchten. Wir kochen sie ein, pökeln sie, legen sie in Essig oder Öl ein. Aber trotz Mutters Bemühungen schaffen wir es nie, die Ernte eines Planetenumlaufs aufzubrauchen. Und so stapeln sich die Vorräte. Tunnelschlangen und Insekten räumen in den tiefergelegenen Nischen auf. Wir Mädchen zweigen hin und wieder ein paar Sachen ab und verschenken sie heimlich an notleidende Familien im Herrschaftsbereich der Burg. Weder Vater noch Mutter neigen zur Freigebigkeit, nicht einmal dann, wenn die Pächter durch Mißernten in Not und Armut geraten. Meine Eltern betonen stets, daß es die Pflicht der Burgherren sei, für die Zeit der Krise vorzusorgen, aber irgendwie haben sie den Begriff ›Krise‹ nie näher erklärt. Und so horten wir weiterhin nicht verbrauchte und nicht mehr brauchbare Dinge.

Natürlich behalten Kräuter und Arzneipflanzen, richtig getrocknet und gelagert, viele Planetenumläufe ihre Wirksamkeit. In den Regalen stapelten sich die Säckchen, die Trockengestelle quollen über von Bündeln, die Glasbehälter waren bis zum Rand mit Samen und Salben gefüllt. Schwitzwurzel und Federfarn – all die Fiebermittel, die man seit undenklichen Zeiten als Medikamente verwendete. Schwarzwurz, Akonit, Thymus, Ysop und Oèsob: Ich betrachtete sie der Reihe nach; wir hatten so viel davon, daß Burg Fort notfalls jeden einzelnen der knapp zehntausend Bewohner behandeln konnte. Im letzten Planetenumlauf hatten wir eine Rekordernte an Fellis eingebracht. Hatte das Land gewußt, was geschehen würde? Auch Akonit war in großen Mengen vorhanden.

Erleichtert über die Fülle wandte ich mich zum Gehen, als ich einen Blick auf die Regale warf, in denen die medizinischen Archive der Burg verwahrt wurden – die Rezepte für diverse Mixturen und Säfte, dazu die Aufzeichnungen der jeweiligen Arznei-Verwalter.

Ich öffnete den Leuchtkorb über dem Lesetisch und holte aus einem Stapel von Bänden mühsam die ältesten Aufzeichnungen hervor. Vielleicht war diese Seuche schon einmal aufgetreten, in einem der vielen Planetenumläufe seit der Überfahrt. Das Archiv war staubig, und der Einband bröckelte ab, als ich ihn anfaßte. Nun, wenn Mutter es nicht für notwendig hielt, die Dinger abstauben zu lassen, dann fiel ihr der angerichtete Schaden vielleicht nicht auf. Der Band roch modrig; ich öffnete ihn vorsichtig, um die vergilbten Seiten nicht zu zerreißen. Doch die Mühe hätte ich mir sparen können. Die Tinte war so stark verblaßt, daß auf dem Pergament nur ein paar Flecken und Punkte zurückblieben, die an Sommersprossen erinnerten. Ich fragte mich, weshalb wir uns die Mühe machten, das vergilbte Zeug überhaupt aufzubewahren. Aber ich kannte Mutters Reaktion, wenn ich vorschlug, eines der geheiligten Stücke ›aus der Vorzeit‹ wegzuwerfen.

Der erste Band, den ich entziffern konnte, trug die Aufschrift *Fünftes Erscheinen des Roten Sterns*.

Welch langweilige Chronisten meine Vorfahren doch waren! Ich fühlte mich ehrlich erleichtert, als Sim auftauchte und mir ausrichtete, daß der Koch mich dringend in der Küche benötigte. Während Mutters Abwesenheit brauchte er meinen Rat. Er war es nicht gewohnt, selbständige Entscheidungen zu treffen. Ich schickte Sim, der ohnehin nicht gern zu seiner Arbeit am Spülstein zurückkehrte, mit einer kurzen Notiz in die Heiler-Halle. Desdra sollte erfahren, daß die Vorräte unserer Arzneihöhlen zu ihrer Verfügung standen. Ich beschloß, mein Angebot so bald wie möglich in die Tat umzusetzen, denn es würde mir schwerfallen, mein Versprechen einzulösen, sobald Mutter erst wieder die Schlüssel zu den Vorratshöhlen an sich genommen hatte.

Zu diesem Zeitpunkt kam mir wohl erstmals der Gedanke, daß auch Lady Pendra nicht immun gegen diese rätselhafte Seuche war. Furcht durchzuckte mich, und ich hielt mit dem Schreiben inne, bis Sims Räuspern mich aufschreckte. Ich lächelte ihm beruhigend zu. Es hatte wenig Sinn, das Gesinde mit meinen dummen Ängsten zu belasten.

»Bring das in die Heiler-Halle! Aber händige es Meisteranwärterin Desdra höchstpersönlich aus! Verstehst du? Nicht, daß du es dem erstbesten Lehrling in Heilertracht übergibst!«

Sim nickte eifrig, verzog das Gesicht zu einem leeren Grinsen und trollte sich.

Ich kümmerte mich um den Koch, der eben von meinem Bruder den Auftrag erhalten hatte, sich auf eine unbestimmte Zahl von Gästen einzustellen. Nun wußte er nicht recht, was er tun sollte, da das Abendessen auf dem Herd stand.

»Suppe natürlich – eine deiner wohlschmeckenden Fleischbrühen, Felim. Dazu etwa ein Dutzend Wherhühner von der letzten Jagd. Sie sind inzwischen so gut abgehangen, daß man sie zubereiten kann. Wenn du sie mit Kräutern würzt, kann man sie auch als kalten Braten servieren. Außerdem Wurzelgemüse, weil sich das leicht aufwärmen läßt. Und Käse. Wir haben jede Menge Käse.«

»Für wie viele Personen?« Felim war nicht ohne Grund so gewissenhaft. Mutter hatte ihn oft genug wegen seiner ›Verschwendungssucht‹ getadelt. Er konnte sich gegen die Vorwürfe nur zur Wehr setzen, wenn er genau Buch darüber führte, wie viele Personen zu Tisch kamen und was sie verzehrten.

»Das werde ich noch herausfinden, Felim.«

Campen war allem Anschein nach überzeugt davon, daß die Pächter von weit und breit herbeiströmen würden, um ihn in dieser Ausnahmesituation um Rat zu fragen; aus diesem Grunde bereitete er Burg Fort auf einen Massenansturm vor. Aber die Trommelbotschaft hatte ausdrücklich eine Quarantäne befohlen, und ich machte ihm klar, daß die Hofbesitzer und Pächter die Anordnung befolgen würden, ganz gleich wie besorgt sie waren. Am ehesten kamen noch die Leute, die unsere Ländereien bewirtschafteten, da sie rechtlich gesehen zur Stammburg gehörten. Aus Rücksicht auf das ohnehin nur schwach ausgeprägte Selbstbewußtsein meines Bruders verkniff ich mir die Bemerkung, daß die meisten von ihnen mit einer Notlage besser zurechtkamen als er.

Ich kehrte also zu Felim zurück und riet ihm, die Essensrationen nur um ein Viertel zu erhöhen, dafür aber eine Menge Klah und frische Kekse zubereiten zu lassen; außerdem genehmigte ich ihm einen neuen Laib Käse. Ein Gang in den Weinkeller verriet mir, daß die angestochenen Fässer noch fast voll waren, so daß wir jede Menge Gäste bewirten konnten.

Danach begab ich mich in den Aufenthaltsraum im Obergeschoß. Die Tanten und sonstigen Familienangehörigen befanden sich wegen der Trommelbotschaften in hellem Aufruhr. Ich bat sie, die leeren Gästezimmer in Behelfslazarette umzuwandeln. Selbst den Älteren unter ihnen konnte man zumuten, Strohsäcke zu füllen und Laken auszubreiten; und ihre Angst legte sich vermutlich am schnellsten, wenn sie etwas zu tun bekamen. Dann blinzelte ich Onkel Munchaun zu, und es gelang uns, in den Korridor zu entwischen, ohne daß uns jemand folgte.

Munchaun war der älteste von den noch lebenden Brüdern meines Vaters, und von allen Familienangehörigen, die bei uns ihren Lebensabend verbrachten, schätzte ich ihn am meisten. Bis zu dem Zeitpunkt, da er beim Bergsteigen über einen Felshang abgestürzt war, hatte er sämtliche Jagden organisiert und beaufsichtigt. Er besaß so viel Verständnis für menschliche Schwächen, so viel Humor und Bescheidenheit, daß ich mich stets fragte, weshalb man meinen Vater zum Erbbaron erwählt hatte und nicht Munchaun, der weit mehr von Menschenführung verstand als er.

»Ich sah dich von der Heiler-Halle kommen. Was gibt es Neues?«

»Capiam ist ebenfalls an der Seuche erkrankt. Desdra hat die Heiler angewiesen, zunächst einmal die Symptome der Epidemie zu bekämpfen.«

Er hob die fein geschwungenen Augenbrauen, und die Mundwinkel zuckten schwach. »Sie wissen also nicht, womit sie es zu tun haben?« Als ich den Kopf schüttelte, nickte er. »Ich werde mir mal die Archive vornehmen. Sie müssen doch noch einen anderen Zweck haben, als uns unnütze Esser zu beschäftigen.«

Ich wollte ihm widersprechen, aber grinste nur wissend, und ich wußte, daß mein Protest auf taube Ohren gestoßen wäre.

An diesem Abend erschienen mehr Pächter, als ich vermutet hatte, da i sämtliche Gildemeister – natürlich mit Ausnahme der Harfner und Heiler. Wir konnten sie großzügig bewirten, und sie diskutierten bis tief in die Nacht hinein, wie man Vorräte von Hof zu Hof schaffen könnte, ohne die Quarantänebestimmungen zu verletzen.

Ich schenkte zum letzten Mal Klah nach, obwohl ich den Eindruck hatte, daß nur Campen davon trank, und zog mich dann in mein Zimmer zurück. Dort las ich in dem alten Archiv-Folianten, bis mir die Augen zufielen.

Kapitel III

12. 3. 43

Als die Trommeln losdröhnten, sprang ich aus dem Bett und rannte in den Korridor, wo ich die Schlagfolge besser erkennen konnte. Die Botschaft war erschreckend. Noch ehe ihr Echo verklungen war, kam die nächste vom Süden herein: Ratoshigan bat die Heiler-Halle dringend um Hilfe. Zu dieser frühen Stunde rissen uns die Trommeln selten aus dem Schlaf. Ich ließ meine Tür offen, während ich hastig eine lange Hose und den Arbeitskittel überstreifte und den Gürtel mit dem schweren Schlüsselring der Wirtschaftsräume umschnallte. Dann schlüpfte ich in meine Stiefel, denn die weichen Hausschuhe boten weder gegen die kalten Steinböden der unteren Höhlen noch gegen die unbefestigten Straßen genügend Schutz.

Die Trommeln schwiegen nicht mehr. Sie berichteten von Todesfällen in Telgar, Ista, Igen und Süd-Boll und übermittelten aufgeregte Fragen der weiter entfernten Höfe und Heiler-Hallen. Aber auch Freiwillige meldeten sich, und es gab zu meiner großen Erleichterung Hilfsangebote von Benden, Lemos, Bitra, Tillek und dem Hochland, Orten, die bis jetzt von der Katastrophe verschont geblieben waren. Der Zusammenhalt, der allem Anschein nach unter den Bewohnern von Pern herrschte, ermutigte mich.

Als ich über das Feld lief, traf der erste verschlüsselte Bericht vom Telgar-Weyr ein: Es hatte Tote unter den Reitern gegeben, und ihre Drachen waren ins *Dazwischen* gegangen. Auf dem Weg zu den Ställen begegnete ich den Feldarbeitern. Ich versuchte, gelassen zu bleiben, und nickte ihnen lächelnd zu, beschleunigte aber meine Schritte, damit keiner mich anzuhalten wagte. Vielleicht wollten sie im Moment aber auch keine schlechten Nachrichten mehr hören. Dicht auf Telgars düsteren Bericht folgte eine Botschaft von Ista.

Ich weiß nicht, weshalb ich geglaubt hatte, Drachenreiter könnten immun gegen diese Seuche sein. Irgendwie kamen sie mir auf dem Rücken ihrer mächtigen Kampfgenossen völlig unverwundbar vor, scheinbar unberührt von den Gefahren der Sporen (obwohl ich natürlich wußte, daß Reiter und Drachen oftmals schlimme Verbrennungen davontrugen) und unempfindlich gegen die Leiden und Ängste gewöhnlicher Sterblicher. Mir fiel ein, daß Drachenreiter gern von Fest zu Fest eilten, und an jenem Tag hatte sowohl Ruatha wie auch Ista Gäste geladen. Zwei Burgen – und auf beiden hatte sich zum Zeitpunkt der Feiern die Seuche bereits eingenistet! Dabei befand sich Ista weit entfernt im Osten. Wie konnte sich die Krankheit mit solcher Macht an zwei völlig voneinander isolierten Orten gleichzeitig ausbreiten?

Ich eilte weiter und betrat den Hof der Heiler-Halle. Die Bewohner waren längst wach; Renner wurden gesattelt und mit Reisegepäck beladen. Über uns verkündeten die Trommeln schlimme Nachrichten. Die Botschaften der Heiler-Halle trugen Meister Fortines Zeichen. Wo mochte sich Meister Capiam befinden?

Desdra kam die flachen Stufen der Gildehalle herab, je zwei Satteltaschen über den Schultern und in beiden Händen. Zwei Lehrlinge, ebenfalls schwerbeladen, hasteten vorbei. Die Frau sah aus, als habe sie nicht geschlafen, und ihre sonst so freundlichen, beherrschten Züge waren von Ungeduld und Angst geprägt. Ich ging am Rande des gepflasterten Hofes entlang, in der Hoffnung, ihren Weg zu kreuzen, doch in diesem Moment blieb sie stehen und begann die Satteltaschen an die wartenden Männer und Frauen zu verteilen.

»Nein, sein Befinden ist unverändert«, hörte ich sie zu einem Gesellen sagen. »Capiam muß die einzelnen Phasen der Krankheit ebenso durchstehen wie jeder andere. Die eingepackten Medikamente dienen der Behandlung der Symptome; einen besseren Rat weiß ich im Moment nicht. Achtet auf die Trommelbotschaften! Wir benutzen den Krisen-Code, und ich bitte euch, daß auch ihr verschlüsselte Nachrichten sendet.«

Sie trat zur Seite, als die Heiler auf ihren Rennern aus dem Hof stoben, und ich nahm die Gelegenheit wahr, mich ihr zu nähern.

»Heilerin Desdra?«

Sie drehte sich um und sah mich an, erkannte mich aber nicht als eine der Fort-Horde.

»Ich bin Nerilka. Wenn die Vorräte der Heiler-Halle nicht ausreichen, kommen Sie bitte zu *mir* ...« Ich betonte das letzte Wort. »Wir besitzen genug Arzneien, um den halben Planeten zu versorgen.«

»Nun, im Moment besteht kein Anlaß zur Sorge, Lady Nerilka«, begann sie und setzte eine zuversichtliche Miene auf.

»Unsinn!« Meine Stimme klang schärfer, als ich beabsichtigt hatte, und sie musterte mich erstaunt. »Ich kenne jeden Geheimcode bis auf den des Meisterheilers, und selbst den errate ich einigermaßen. Er befindet sich offenbar in den Bergen und will so rasch wie möglich heimkommen.« Jetzt schenkte sie mir ihre volle Aufmerksamkeit. »Wenn Sie Medikamente benötigen, fragen Sie auf Burg Fort nach mir. Ich könnte auch als Pflegerin aushelfen ...«

Jemand rief nach Desdra, und mit einer entschuldigenden Geste wandte sie sich ab. Dann kam die nächste bedrückende Trommelbotschaft aus dem Osten, von

Keroon. Ich wanderte zurück, wie gelähmt von dem Wissen, daß am tragischen Ausgangspunkt der Seuche Hunderte von Menschen im Sterben lagen, während von vier kleineren Burgen im Bergland überhaupt keine Antwort auf die Trommelsignale kam.

Ich hatte das Feld zur Hälfte überquert, als ich das unverkennbare Trompeten eines Drachen vernahm. Eisige Kälte machte sich in meinem Innern breit. Was konnte ein Drache auf Burg Fort suchen – zu diesem Zeitpunkt? Ich raffte meine Röcke und rannte los. Das massive Burgtor stand weit offen, und Campen befand sich am oberen Ende der Steinstufen, die Arme halb erhoben, offenbar starr vor Verblüffung. Eine Gruppe ängstlicher Gildemeister und zwei Pächter aus der Nachbarschaft umringten ihn, aber auch ihre Aufmerksamkeit galt jetzt dem blauen Drachen, der mit seiner mächtigen Gestalt den Hof überragte. Mir fiel auf, daß der Drache eine fahle ungesunde Farbe hatte. Doch dann blieb auch ich wie vom Donner gerührt stehen. Mein Vater stürmte die Stufen hinauf, geradewegs auf die Wartenden zu.

»Es herrscht Quarantäne! Tod lauert über dem Land! Habt ihr die Botschaft nicht gehört? Seid ihr alle taub, daß ihr euch in solchen Massen versammelt? Weg von hier! Weg von hier! Begebt euch in eure Häuser und verlaßt sie unter keinen Umständen! Los – weg von hier, sage ich!«

Er schubste den nächststehenden Pächter auf die Renner zu, die eben von Knechten in die Ställe geführt wurden. Zwei Gildemeister stießen zusammen, als sie hastig versuchten, seinen fuchtelnden Armen auszuweichen.

Sekunden später war der Hof leergefegt, und nur die Staubwolken auf der Straße zeugten vom übereilten Aufbruch unserer Besucher.

Der blaue Drache trompetete erneut und unterstrich mit seinem Flügelpeitschen den fluchtartigen Rückzug der Pächter und Gildemeister. Dann schnellte er in die Höhe und ging ins *Dazwischen,* noch ehe er den Trommelturm der Harfner-Halle erreicht hatte.

Vater wandte sich an uns, denn meine Brüder waren beim unerwarteten Auftauchen des Drachen ins Freie gerannt.

»Seid ihr wahnsinnig geworden, daß ihr hier Volksversammlungen zulaßt? Hat denn keiner von euch auf Capiams Warnung geachtet? Auf Ruatha sterben die Menschen wie Fliegen!«

»Weshalb seid Ihr dann hier, Vater?« Die Frage meines Bruders Campen entsprang weniger seinem Mut als seinem schlichten Gemüt.

»Was hast du gesagt?« Vater richtete sich auf wie ein Drache, der jeden Moment Feuer speit, und Campen zog sich ein paar Schritte zurück, um seiner Wut zu entgehen. Mich wunderte, daß Vater ihm keine Ohrfeige versetzte.

»Aber – aber – aber Capiam sagte, die Quarantäne ...«

Vater hob den Kopf, so daß sein schönes Profil voll zur Geltung kam, und streckte die Arme abwehrend aus, obwohl ohnehin niemand gewagt hätte, ihm zu nahe zu kommen.

»Ich befinde mich von diesem Augenblick an ebenfalls in Quarantäne! Ich werde mich in meine Privatgemächer zurückziehen, und keiner von euch«, – er schien uns der Reihe nach mit seinem ausgestreckten Zeigefinger aufzuspießen –, »kommt in meine Nähe, bis«, – er machte eine theatralische Pause –, »die Inkubationszeit um ist und ich weiß, daß ich mich nicht angesteckt habe.«

»Was ist über die Seuche bekannt?« hörte ich mich

fragen. Es war wichtig für uns, möglichst genau über den Verlauf der Krankheit Bescheid zu wissen. »Wie groß ist die Ansteckungsgefahr?«

»Keine Sorge, ich werde meine Familie nicht in Gefahr bringen.« Seine Miene troff vor Edelmut. Ich hätte ihm beinahe ins Gesicht gelacht.

Keiner wagte sich nach Mutter und unseren Schwestern zu erkundigen.

»Ihr werdet mir wichtige Mitteilungen unter der Tür durchschieben und das Essen im Korridor abstellen. Das ist im Moment alles.«

Damit winkte er uns beiseite und stürmte in die Burggemächer. Wir hörten seine schweren Stiefel auf den Fliesen knallen und die Treppe hinaufstampfen. Alle schwiegen. Ein unterdrücktes Schluchzen brach schließlich den Bann.

»Was ist mit Mutter?« fragte Mostar mit weit aufgerissenen Augen.

»Eine berechtigte Frage«, entgegnete ich. »Aber es hat keinen Sinn, wenn wir hier Wurzeln schlagen und dem Volk ein schönes Schauspiel bieten.« Ich deutete mit dem Kinn zur Straße hin, wo sich die Bewohner der Hütten versammelt hatten und gafften, zunächst angezogen von dem blauen Drachen und nun von unserem Gruppenbild auf der Burgtreppe.

Stumm zogen wir uns ins Innere der Burg zurück. Ich war nicht die einzige, die einen Blick auf die festverschlossene Tür im Erdgeschoß warf.

»Das ist nicht anständig«, begann Campen und ließ sich auf den nächstbesten Stuhl fallen. Ich wußte, daß er Vaters viel zu frühe Rückkehr meinte.

»Mutter wüßte, wie man mit Krankheiten umgeht«, sagte Gallen, und in seinen Augen stand Furcht.

»Sie hat mir alles Nötige beigebracht«, entgegnete ich knapp. Ich glaube, ich ahnte schon damals, daß Mutter nicht mehr heimkehren würde. Außerdem war es wichtig, daß die Familie nicht in Panik geriet oder ihre Besorgnis offen zeigte. »Wir sind ein ziemlich zäher Schlag, Gallen. Das weißt du am besten. Du warst noch nie im Leben richtig krank.«

»Ich hatte das Fleckfieber.«

»Das hatten wir alle«, meinte Mostar spöttisch, und allmählich entspannten sich meine Geschwister.

»Dennoch – er hätte die Quarantäne nicht durchbrechen dürfen«, erklärte Theskin sehr nachdenklich. »Der Burgherr muß mit gutem Beispiel vorangehen. Weshalb hat Alessan ihn nicht auf Ruatha festgehalten?«

Darüber zerbrach ich mir auch den Kopf. Allerdings kann Vater so gebieterisch auftreten, daß selbst Barone, die mehr Einfluß besitzen als er, seinen Wünschen nachgeben. Ich weigerte mich aus irgendeinem Grund, Alessan Unfähigkeit zu unterstellen, auch wenn er sich Vaters Willen gebeugt hatte. Immerhin – eine Quarantäne blieb eine Quarantäne.

In dieser Nacht fiel ich rasch in einen erschöpften Schlaf, aber ich wachte sehr früh auf. Selbst das Gesinde schlief noch, als ich mich erhob, und so las ich als erste die Notiz, die Vater unter dem Türschlitz durchgeschoben hatte. Am liebsten hätte ich den Zettel zerrissen. Daß er einen Fiebermittel-Vorrat verlangte, war ebenso verständlich wie sein Wunsch nach dem guten Wein und einigen Delikatessen. Aber er befahl Campen, Anella und ›ihre Familie‹, wie er es ausdrückte, in die Sicherheit der Burg zu bringen. Während er also meine Mutter und meine Schwestern in der Gefahr von Ruatha zurückließ, forderte er von seinem ältesten Sohn und Erben, nicht nur seine Mätresse nach Fort zu holen, sondern auch die beiden Bastarde, die sie ihm geboren hatte.

Nun, es war kein echter Skandal. Mutter hatte über

47

das Verhältnis stets hinweggesehen. In solchen Dingen besaß sie seit vielen Planetenumläufen Übung, und ich hatte einmal mitangehört, wie sie zu einer der Tanten sagte, sie sei ganz froh, hin und wieder den Aufmerksamkeiten des Barons zu entgehen. Aber ich konnte Anella nicht leiden. Sie kicherte albern und hängte sich wie eine Klette an Vater. Sobald er sie nicht beachtete, machte sie sich an Mostar heran. Sie hoffte wohl, Vater würde sie mit meinem Bruder verheiraten, wenn er genug von ihr hatte. Ich hätte ihr gern ins Gesicht geschleudert, daß Mostar andere Pläne hatte. Dabei wußte ich selbst nicht so genau, ob ihr jüngster Sohn von Vater stammte oder von Mostar.

Ärgerlich verdrängte ich meine boshaften Gedanken. Zumindest hatte das Kerlchen eine ausgeprägte Familienähnlichkeit. Mit meinem Gürtelmesser trennte ich den Teil der Botschaft ab, der für Campen bestimmt war, und schob ihn unter seiner Tür durch. Die weniger verfänglichen Zeilen nahm ich mit in die Küchengewölbe, wo das schläfrige Gesinde eben die Strohmatten zusammenrollte und mit der Morgenarbeit begann. Meine Gegenwart rief zaghaftes Lächeln und eine gewisse Anspannung hervor. Ich bemühte mich um eine freundliche, zuversichtliche Miene und befahl der intelligentesten der Mägde, Vaters Frühstückstablett herzurichten.

Im Hof stieß ich auf Campen, der den Wisch mit Vaters Anordnung geistesabwesend zusammenknüllte. »Was soll ich tun, Rill? Ich kann doch nicht einfach losreiten und diese Person am hellichten Tag in die Burg bringen.«

»Schleuse sie über die Feuerhöhen ein. Dorthin richtet heute bestimmt keiner sein Augenmerk.«

»Mir gefällt das nicht, Rill. Mir gefällt das überhaupt nicht.«

48

»Wann hat Vater je gefragt, was uns gefällt, Campen?«

Da ich keine Lust hatte, mir sein hilfloses Gejammer weiter anzuhören, schlenderte ich zur Kinderkrippe auf der Südseite der Burg. Hier wenigstens befand sich eine Oase des Friedens – soweit man bei neunundzwanzig Säuglingen und Kleinkindern von Frieden sprechen konnte. Die Mädchen wickelten, badeten und fütterten die Babys unter dem wachsamen Blick von Tante Lucil und ihren Pflegerinnen. Bei dem Stimmengewirr, das hier herrschte, hatte man die Trommelbotschaften sicher nicht genau genug mitverfolgt, um sich Sorgen zu machen. Die Kinderkrippe besaß ihre eigene kleine Küche, und ich überlegte mir, daß ich den Trakt vollständig abriegeln konnte, wenn die Seuche tatsächlich auf Burg Fort eingeschleppt wurde. Vielleicht sollte ich zur Vorsorge schon jetzt die wichtigsten Vorräte herschaffen lassen ...

Als nächstes inspizierte ich die Wäscherei und die Leinenkammer und schlug einen Großwaschtag vor, denn das Wetter war sonnig und nicht zu kalt. Die Tante, die hier die Aufsicht führte, war eine gutmütige Person, zögerte solche Unternehmen aber meist hinaus, weil sie der irrigen Ansicht war, daß sie ihre Mägde ständig überlastete. Ich wußte, daß auch Mutter ihr meist einen Schubs geben mußte, ehe sie mit der Arbeit anfing. Es war mir ein wenig peinlich, daß ich mir, wenn auch vorübergehend, Mutters Stellung anmaßte, aber wenn der schlimme Ernstfall eintrat, würden wir jede Menge Leinen benötigen.

Die Weber saßen eifrig an der Arbeit, als ich ihre Werkstatt betrat. Eben wurde eine große Spule des robusten Mischgarns, auf das meine Mutter so stolz war, vom Schützen genommen. Tante Sira begrüßte mich mit gewohnt kühler, beherrschter Miene. Vermutlich hatte sie trotz des Klapperns der Holzrahmen einen Teil der Trommelbotschaften verstanden, aber sie enthielt sich jeden Kommentars über die Vorgänge auf Pern.

Ich frühstückte spät in dem kleinen Zimmer des ersten Untergeschosses, das Mutter ihr ›Büro‹ nannte und das ihr wohl hin und wieder als Zufluchtsort diente. Immer noch dröhnten die Trommeln, bestätigten die düsteren Botschaften, die hereinkamen, und leiteten sie an die nächste Station weiter. Auf diese Weise hörte ich die Katastrophenmeldung gleich mehrmals. Als der Code von Keroon erneut aufklang, zuckte ich zusammen und summte laut vor mich hin, um die Nachricht zu übertönen. Ruatha befand sich ganz in der Nähe. Weshalb erhielten wir keine Botschaft von dort, keine Beruhigung, daß es Mutter und meinen Schwestern gut ging?

Ein Klopfen unterbrach meine angstvollen Gedanken, und ich war fast froh, als ich hörte, daß Campen mich im ersten Stock erwartete. Auf halber Treppe kam mir in den Sinn, daß er wohl mit Anella zurückgekehrt war. Wenn sie sich im ersten Stock befanden, dann rechnete sie damit, in den Gästezimmern untergebracht zu werden. Ich persönlich hätte sie am liebsten in den Innenkorridor des fünften Stocks verbannt. Die Räume am Ende des ersten Stockwerks waren fast zu schade für sie. Nun, zumindest würde ich sie von der Suite meiner Mutter mit ihrem bequemen Zugang zu Vaters Schlafzimmer fernhalten. Baron Tolocamp befand sich schließlich in Quarantäne, und meine Mutter weilte nur vorübergehend auf Ruatha.

Anella hatte Tolocamps Einladung wörtlich genommen. Sie rückte nicht nur mit ihren zwei kleinen Kindern an, sondern hatte ihre Eltern, drei jüngere Brüder und sechs der gebrechlichsten Familienangehörigen mitgebracht. Wie es die Alten geschafft hatten, die Feuerhöhen zu erklimmen, war mir ein Rätsel; zwei von ihnen sahen so aus, als würden sie jeden Moment zusammenbrechen. Ich schickte sie in den Flügel, in dem auch unsere alten Leute untergebracht waren. Dort würde man sich um sie kümmern. Anella schmollte ein wenig, als sie sah, daß ihr Quartier so weit entfernt von Tolocamps Räumen war, aber weder Campen noch ich achteten auf die spitzen Bemerkungen, die sie und ihre zänkische Mutter machten. Ich war nur erleichtert, daß sie nicht auch den Rest ihrer Verwandtschaft angeschleppt hatte. Vermutlich besaßen die beiden älteren Brüder Verstand genug, sich nicht auf die Zukunftsaussichten ihrer raffinierten kleinen Schwester zu verlassen. Ich wies Anella ein Kindermädchen und eine Magd zu, obwohl ich fand, daß sie auch selbst für ihre beiden Kinder sorgen konnte. Aber ich hatte keine Lust, mir von meinem Vater vorhalten zu lassen, daß ich die Gesetze der Gastfreundschaft verletzte. Ich hätte wohl für jeden fremden Besucher das gleiche getan. Das hieß allerdings, daß ich es mit Freuden tat.

Dann eilte ich in die Küche hinunter, um mich kurz mit Felim zu besprechen. Ich mußte ihm nur versichern, daß er seine Sache großartig machte. In den meisten Burgen sind die Küchen der Ausgangspunkt für Klatsch und Gerüchte. Zum Glück verstand niemand vom Gesinde die verschlüsselten Botschaften, aber die Leute ahnten natürlich, daß etwas Schlimmes vorging. Manchmal spürte man ganz einfach, daß die Trommeln eine gute Nachricht übermittelten. Dann wirkten die Schläge heller und höher, so als würden die gespannten Häute vor Freude singen. Wer konnte es mir verübeln, wenn ich an diesem Tag den Eindruck hatte, daß die Instrumente weinten?

Gegen Abend schlichen sich Fehler in die Nachrichten ein, als die übermüdeten Trommler immer häufiger im Rhythmus stockten. Ich war gezwungen, mir Wiederholungen anzuhören – verzweifelte Bitten, Ersatzheiler nach Keroon und Telgar zu schicken, weil die Leute, welche die Seuche bekämpfen sollten, selbst daran gestorben waren. Ich stopfte mir Watte in die Ohren, damit ich schlafen konnte. Dennoch schien mein Trommelfell im Rhythmus der Unheilsbotschaften zu vibrieren.

KAPITEL IV

14. 3. 43

Einer der Wattepfropfen löste sich während meines un-
ruhigen Schlafs, und so hörte ich am Morgen schmerzhaft laut die Trommelbotschaft vom Tod meiner Mutter
und meiner Schwestern. Ich zog mich an und ging zu
Lilla, Nia und Mara, um sie zu trösten. Gabin flüchtete
sich zu uns; sein Gesicht war gerötet, so sehr hatte er
sich bemüht, nicht in der Öffentlichkeit zu weinen.
Kaum angelangt, preßte er den Kopf an meine Schulter
und schluchzte laut los. Ich weinte ebenfalls. Um meine
Schwestern, aber auch aus Reue, weil ich ihnen keine
glückliche Reise gewünscht hatte.

Sämtliche Geschwister bis auf Campen kamen im
Laufe des Vormittags zusammen, und wir trauerten
gemeinsam. Ich frage mich, ob insgeheim jemand von
uns Tolocamp die Seuche wünschte. Er hatte sich in
Sicherheit gebracht, während er Mutter und meine
Schwestern kaltherzig der Ansteckungsgefahr aussetzte.

Als ein Bote von Desdra nach mir fragte, war ich froh
um die Ausrede, den Ort des Grams zu verlassen. Ich
hätte die Hintertreppe zu den Vorratsräumen benutzen
können, um Desdras Bitte nach Arzneien zu erfüllen,
aber ich führte den Mann durch den Hauptkorridor.
Deutlich hörte ich, wie mein Vater seine Anweisungen
mit befehlsgewohnter Stimme durch das offene Fenster
brüllte, und ich sah Anella an der ersten Biegung des
Korridors lauern. Sie verschwand zwar rasch wie eine
Tunnelschlange, aber ihr triumphierender Blick ver-
wandelte meine Gleichgültigkeit ihr gegenüber in Haß
und Abscheu.

Der Heiler-Lehrling hatte alle Mühe, mir zu folgen, so schnell rannte ich die Wendeltreppe zu den unteren Höhlen hinab. Als ich Sack um Sack der Kräuter und Wurzeln aufstapelte, die Desdra aufgelistet hatte, wandte er schüchtern ein, daß er solche Mengen niemals bis zur Heiler-Halle schleppen könne. Meine Stimme klang schrill, als ich nach einem Knecht rief. Sim schoß verängstigt herein und schaute mich mit großen ängstlichen Augen an, wohl in der Furcht, daß er etwas Wichtiges vergessen hatte.

Mühsam fand ich die Beherrschung wieder und entschuldigte mich bei dem Heiler für meine Gedankenlosigkeit. Vermutlich hätte ich einem zweiten Knecht befohlen, Sim und dem jungen Mann tragen zu helfen. Als ich jedoch den Küchentrakt betrat, entdeckte ich Anella, die Felim gebieterisch zu sich winkte. Ich wußte, wenn ich das Küchengewölbe betrat und dort mitansehen mußte, wie das raffinierte kleine Luder Burgherrin spielte, würde es zum offenen Streit kommen. So nahm ich einen Teil der Last und führte den Heiler-Lehrling und Sim durch einen Seitenausgang ins Freie. Kühle Nachmittagsluft hüllte mich ein und beruhigte mich, aber meine Begleiter hatten immer noch Mühe, meinen schnellen Schritten zu folgen.

Die Harfner-Halle befand sich in hellem Aufruhr, als ich dort anlangte. Von allen Seiten vernahm ich Rufe und Freudengeschrei. Ich konnte mir nicht denken, was diese Fröhlichkeit hervorrief, aber sie war ansteckend, und ich lächelte, ohne zu wissen warum, einfach erleichtert, daß hier gute Stimmung herrschte. Dann vernahm ich in dem Stimmengewirr einen vertrauten Bariton.

»Zwischen den beiden letzten Burgen erwischte mich dichter Nebel«, berichtete Meister Tirone, »und dann lahmte zu allem Pech noch mein Renner. Ich fing mir von der nächstbesten Weide ein frisches Tier – der Besitzer möge mir verzeihen – und ritt gerade los, als ich die erste Trommelbotschaft vernahm. Von dem Moment an legte ich keine einzige Rast mehr zum Essen oder Schlafen ein, Freunde.« Er seufzte. »Um den Weg abzukürzen, ritt ich über die Feuerhöhen herein. Deshalb höre ich jetzt erst, daß Baron Tolocamp Wachen aufgestellt hat, um uns am Betreten und Verlassen seines Herrschaftsgebietes zu hindern.« Das war das erste, was ich von den Vorsichtsmaßnahmen meines Vaters erfuhr. Meister Tirones Stimme senkte sich zu einem vertraulichen Flüstern. »Was bedeutet dieser Unfug von einem Internierungslager für alle Heiler und Harfner, die versuchen, mit den beiden Gildehallen von Fort Kontakt aufzunehmen? Wie sollen wir unsere Arbeit tun, wenn man unsere Bewegungsfreiheit derart einschränkt?«

Der Heiler warf mir einen bestürzten Blick zu, denn Tirone übte offen Kritk an Erbbaron Tolocamp. Ich tat, als hätte ich nichts gehört. Zum einen waren die Worte nicht für meine Ohren bestimmt gewesen. Zum anderen wollte ich nicht vor Fremden zugeben, daß ich das Verhalten meines Vaters widerwärtig und empörend fand.

Dann erschien Desdra auf der anderen Seite des Hofes. Ihre Züge hellten sich auf, als sie die Säcke sah, die wir anschleppten. »Aber Lady Nerilka, es hätten kleinere Mengen gereicht, um uns aus dem gegenwärtigen Engpaß zu helfen ...«

»Ich rate Ihnen, nehmen Sie, was Sie bekommen können, solange ich noch in der Lage bin, Sie zu unterstützen.«

Sie stellte keine Fragen, aber ich sah an ihren Blicken, daß sie verstanden hatte, was ich meinte.

»Ich wiederhole mein Angebot, die Kranken zu pflegen, wer und wo immer sie sein mögen«, sagte ich so ruhig wie möglich, während sie mir die schweren Säcke abnahm.

»Sie werden in der nächsten Zeit den Platz Ihrer Mutter einnehmen müssen, Lady Nerilka«, entgegnete sie leise und freundlich. In ihren tiefliegenden ausdruckslosen Augen war Mitgefühl zu lesen. Ich hatte einmal geglaubt, Desdra sei viel zu passiv und distanziert für ihren Beruf, aber inzwischen wußte ich, daß diese Einschätzung falsch war. Wie konnte ich ihr erklären, daß sie meine Lage völlig falsch beurteilte? Offenbar wußte man in den beiden Gildehallen noch nichts von Anellas Ankunft in Burg Fort.

»Wie geht es Meister Capiam?« fragte ich, ehe sie sich abwenden konnte.

»Er hat inzwischen die schlimmsten Stadien der Krankheit hinter sich.« Trockener Humor schwang in Desdras Stimme mit, und ich entdeckte ein Blinzeln in ihren Augenwinkeln. »Er ist viel zu eigensinnig zum Sterben und fest entschlossen, ein Heilmittel gegen die Seuche zu finden. Vielen Dank noch einmal, Lady Nerilka.«

Sie nickte mir zu, und ich trat den Rückweg an. Sim trottete hinter mir her. Der arme Kerl! Ich vergaß immer wieder, daß Sim kurze Beine hat und meinen raschen Schritten kaum zu folgen vermochte.

»Sim, wo befindet sich dieses Internierungslager von Baron Tolocamp?« Ich hatte noch keine Lust, in die Burg zurückzukehren. Mein Zorn war zu heftig, mein Kummer zu frisch. Ich besaß im Moment nicht die Spur von Selbstbeherrschung.

Sim deutete nach rechts, wo die große Straße nach Süden in ein Tal abfällt und in einem Wäldchen untertaucht. Ich schlenderte die Straße entlang, bis ich die Wachtposten an der willkürlich gezogenen Grenze patrouillieren sah.

»Werden hier viele Reisende aufgehalten?«

Sim nickte mit ängstlichem Blick. »Harfner und Heiler auf dem Rückweg in ihre Gildehallen. Und Angehörige der Wanderstämme. Die ziehen hier oft durch. Aber bald werden Kranke darunter sein, die Hilfe in der Heiler-Halle suchen. Was werden sie tun? Sie haben ein Recht auf Behandlung.«

Das stimmte. Selbst meine Mutter hatte sich stets großzügig gegenüber den Wanderstämmen gezeigt.

»Lassen die Wachtposten niemanden in das Tal?«

»Doch.« Sim nickte. »Aber nicht mehr heraus.«

»Wer ist der Wachoffizier?«

»Theng, soviel ich weiß.«

Selbst Theng ließ sich überlisten, wenn man es geschickt anstellte. Er hatte eine Vorliebe für Wein, und wenn er einen guten Tropfen bekam, sah er vermutlich nicht über den Rand des Bechers hinweg. Heiler und Harfner, denen der Zugang zu ihren Gilden abgeschnitten war? Vater benahm sich nicht nur wie ein Idiot, er war auch ein Feigling. Und ein Heuchler. Er hatte das von der Seuche befallene Ruatha verlassen und damit die Bewohner von ganz Fort in Gefahr gebracht! Nun, ich jedenfalls kannte meine Pflichten den Gildehallen gegenüber – mein Vater hatte sie mir selbst eingebleut. Und ich brauchte ihre Hilfe vielleicht schon bald. Ich beschloß, ein Gespräch mit Felim und mit Theng zu führen.

Als ich mich der Burg näherte, sah ich eine Gestalt an einem der Fenster im ersten Stock. Mein Vater? Ja, es war sein Fenster, und er beobachtete Sim und mich. Sim in seinem Knechtskittel konnte er vom übrigen Gesinde wohl kaum unterscheiden, aber wenn er mich erkannte? Nun, es wäre wohl das erste Mal, daß er Notiz von mir nahm. Ich ging weiter, lässig und stolz. Allerdings benutzte ich den Seiteneingang zum Küchengewölbe. Ich hatte noch etwas Wichtiges mit Felim zu besprechen.

»Was soll ich denn tun, Lady Nerilka?« begann der Koch, ehe ich ihn bitten konnte, die Fleischreste für die Männer im Internierungslager aufzuheben. »*Sie* kam herunter und bestellte Gerichte, mit denen Lady Pendra nie und nimmer einverstanden gewesen wäre ...« Und dann brach er wieder in Tränen aus und wischte sich das Gesicht mit dem Geschirrtuch ab, das er stets im Schürzenlatz trug. »Sie war streng, unsere Lady Pendra, aber gerecht. Ich wußte, daß es keine Klagen gab, wenn ich meine Sache ordentlich machte.«

»Was wollte Anella denn?«

»Sie erklärte uns, daß ab jetzt sie sich um die Burgangelegenheiten kümmern würde. Ich soll eine eigene Brühe für ihre Kinder zubereiten, weil sie so empfindliche Mägen haben. Und sie will, daß zu jedem Essen Konfekt aufgetragen wird, da ihre Eltern Süßigkeiten bevorzugen. Außerdem hat sie befohlen, mittags und abends Braten zu servieren. Lady Nerilka, Sie wissen, daß das nicht möglich ist.« Er zuckte mit den Schultern, und Tränen liefen ihm über die Wangen. »Muß ich ihre Anweisungen wirklich ausführen?«

»Das werde ich herausfinden, Felim. Im Moment hältst du dich an den Speiseplan, den wir heute morgen aufgestellt haben. Nicht einmal für Anella können wir eine seit langem eingespielte Routine in einem Tag ändern.«

Dann bat ich ihn, soviel wie möglich vom Abendessen abzuzweigen und zu Theng hinausschaffen zu lassen.

»Ich nahm mir bereits gestern die Freiheit, die Reste ins Lazarett zu schicken, Lady Nerilka. Das hätte Lady Pendra auch getan. Oh, sie war gerecht, sie war gerecht ...« Er vergrub das Gesicht noch einmal im Geschirrtuch.

Felim verhielt sich großartig, auch wenn er mich ständig an meine Mutter erinnerte. Ich fand Ablenkung in dem Gedanken an Anella. Diese kleine Hure glaubte wohl, sie könne sich eine Burg von der Größe Forts unter den Nagel reißen und darin ebenso wirtschaften wie in dem rückständigen Stall, aus dem sie stammte. Der Gedanke an das Chaos, das dabei in Kürze entstehen mußte, erfüllte mich mit einer perversen Genugtuung. Anella verstand praktisch nichts von der Bewirtschaftung einer Burg; wenn sie meinen Vater auf Dauer zufriedenstellen wollte, mußte sie diese Dinge aber schleunigst erlernen. Wie kam sie auf die Idee, daß sie ohne weiteres Lady Pendras Aufgabenbereich übernehmen könnte, so wie sie ihren Platz im Bett übernommen hatte? Es sei denn ...

Wieder stieß ich im Aufenthaltsraum auf einen verzweifelten Campen. Das Gesicht meines Bruders war zornrot, und er beherrschte sich nur mühsam. Doral, Mostar und Theskin, die sich leise mit ihm unterhielten, trugen ähnliche Mienen zur Schau.

»Können wir denn gar nichts dagegen tun?« fragte Theskin gerade und umklammerte nervös den Griff seines Gürtelmessers.

Doral schlug sich mit der Faust hart gegen die Innenfläche der anderen Hand. »Nerilka, wo warst du? Weißt du, was geschehen ist?«

»Anella breitet sich aus und stellt Ansprüche.«

»Vater hat sie in Mutters Suite untergebracht! Bereits jetzt!« Der Zorn, den Campen und meine Brüder empfanden, war verständlich. »Er sucht übrigens nach dir, Rill. Er will wissen, was du den ganzen Tag getrieben hast, was du in der Nähe des Lazaretts wolltest – und weshalb du es überhaupt wagen konntest, dich dorthin zu begeben!«

»Ich wollte mich überzeugen, daß es dieses Internierungslager – oder Lazarett, wie er es nennt – tatsächlich gibt«, entgegnete ich bitter, ohne die restlichen Fragen zu beantworten. »Seit wann besteht es?«

»Das war unsere erste Aufgabe nach seiner Heimkehr«, erklärte Theskin und deutete auf sich und Doral. »Wir mußten die Wachen und ihre regelmäßige Ablösung organisieren. Und nun dies! Hätte er nicht wenigstens die Trauerzeit abwarten können?«

»Nun, vielleicht befürchtet er, daß er sich angesteckt hat, und will seine letzten Stunden genießen!«

»*Nerilka!*« Campen war entsetzt über meine Respektlosigkeit, aber Theskin und Doral lachten schallend.

»Damit könnte sie durchaus recht haben, Campie!« warf Theskin ein. »Unser Erzeuger hat noch nie auf seine kleinen Freuden verzichtet.«

»Theskin, jetzt reicht es aber!« zischte Campen voller Empörung.

Theskin zuckte mit den Schultern. »Ich verschwinde jetzt, um die Wachtposten zu überprüfen. Zum Abendessen bin ich wieder da. Das Schauspiel lasse ich mir auf gar keinen Fall entgehen.« Er blinzelte mir zu, zog Doral am Arm mit und ließ mich mit Campen allein zurück.

Ich hatte allerdings nicht die geringste Lust, mir eine Strafpredigt über meine Verfehlungen anzuhören. »Sieh dich vor, Campen!« sagte ich deshalb. »Sie hat zwei Söhne, und wenn sie weiter so rangeht, verdrängt sie uns bald in die oberen Stockwerke.«

Ganz offensichtlich hatte mein ältester Bruder an diese Möglichkeit noch nicht gedacht. Während er an dem Brocken kaute, den ich ihm hingeworfen hatte, verschwand ich in meinem behaglichen kleinen Zimmer an der Innenseite der Burg.

Ich weiß nicht mehr, ob ich beim Abendessen einen Bissen hinunterbrachte. Aber ich erinnere mich genau an die gespannte Atmosphäre. Unsere verstorbene Mutter hatte uns mit aller Strenge zur Gastfreundschaft erzogen, und so kam es, daß keiner von uns angesichts der Provokation aufbegehrte und unhöflich wurde. Ich erschien als eine der letzten im Speisesaal, und so überraschte es mich, daß sich so viele unserer älteren Verwandten aus dem zweiten Stockwerk eingefunden hatten. Die großen Tische waren aufgestellt; selbst der Platz meines Vaters auf dem Podium war gedeckt. Allem Anschein nach hatte sich Anella große Mühe gegeben.

»Hat man euch eingeladen?« flüsterte ich Onkel Munchaun zu, als er zu mir herüberkam.

»Nein, aber sie kennt unsere Gewohnheiten, oder?«

Man konnte sicher sein, daß Onkel Munchaun und die anderen Alten jedes aufregende Ereignis witterten und in Scharen herbeiströmten, damit ihnen ja nichts entging.

»Leider konnte ich in den Archiven bis jetzt nichts Brauchbares finden«, fuhr Onkel ruhig fort. »Aber ich habe noch einige der anderen für die Nachforschungen eingesetzt. Gibt es etwas Neues in den Gildehallen? Wie ich hörte, warst du heute drüben.«

Ich mißachtete den kleinen Seitenhieb. »Meister Tirone kam von seinem Schlichtungsauftrag zurück. Über den Bergpfad.«

»Dann sind ihm die neuen Errungenschaften unserer Burg entgangen?«

»Vermutlich. Ganz sicher ist er der Begegnung mit den Wachtposten entgangen.«

»Was ich beinahe schade finde«, murmelte Onkel Munchaun mit einem boshaften Glanz in den Augen. Dann stieß er mich warnend an. Ich drehte mich um und sah, wie Anella in den Saal rauschte, gefolgt von ihren Eltern.

Ihr großer Auftritt wurde von den hektischen roten Flecken auf den Wangen und dem schwankenden Gang ihres Vaters etwas getrübt. Wie ich später erfuhr, war er nicht betrunken, sondern hatte einen verkrüppelten Fuß. Aber ich war in jenem Augenblick nicht dazu fähig, Barmherzigkeit oder Mitleid zu empfinden. Der Alte besaß zumindest soviel Anstand, eine verlegene Miene aufzusetzen.

Anella trug ein üppig besticktes Goldgewand, das weder einem Abendessen im Familienkreis noch der Trauer von Burg Fort angemessen war. Sie schwebte die drei Stufen zum Podium empor und ging mit festen Schritten auf Mutters Stuhl zu. Onkel Munchauns Hand legte sich beruhigend auf meinen Arm.

»Baron Tolocamp wünscht, daß ich folgende Erklärung verlese!« Ihre Stimme klang schrill und schneidend, als wolle sie ihre neue Autorität durch Lautstärke unterstreichen. Sie entrollte ein Pergament und richtete die vorquellenden Augen auf die Botschaft:

»Ich, Erbbaron Tolocamp, zur Zeit aus Gründen der Quarantäne an der aktiven Leitung von Burg Fort verhindert, ernenne hiermit Lady Anella zur Burgherrin und übertrage ihr die Geschäfte der Burg, bis die von uns erwünschte eheliche Verbindung öffentlich vollzogen werden kann. Mein Sohn Campen wird unter meiner Leitung die Pflichten des Burgherrn übernehmen, bis die Quarantäne aufgehoben ist.

Ich verlange hiermit ausdrücklich von euch allen, daß ihr meine Anordnungen beachtet und jeden Kontakt mit Fremden meidet, bis Meister Capiam oder sein Stellvertreter in der Heiler-Halle die Quarantäne aufgehoben hat. Zuwiderhandlungen werden mit Aberkennung der Familienrechte und Verbannung bestraft. Ich fordere ferner das absolute Einhalten aller zusätzlichen Vorkehrungen, die ich getroffen habe, um die Sicherheit und das Wohlergehen von Fort, der ältesten und größten Burg auf Pern, zu gewährleisten. Gehorsam heißt Leben, Befehlsverweigerung bedeutet unweigerlich den Untergang.«

Anella hob das Pergament hoch. »Hier seht ihr seine Unterschrift und sein Siegel.« Und dann kam die eigentliche Kränkung. »Baron Tolocamp hat mich beauftragt herauszufinden, wer von euch sich heute so gefährlich nahe an das Lazarett heranwagte.« Ihre vorquellenden Augen musterten uns der Reihe nach.

Ich trat einen Schritt nach vorn. Perth, Jess, Nia und Gabin folgten meinem Beispiel.

»Was soll das?« kreischte Anella los. »Baron Tolocamp hat von einer Person gesprochen.«

»Wir alle waren das eine oder andere Mal in der Nähe dieses Internierungslagers«, erklärte Jess, ehe ich den Mund auftun konnte. »Keiner von uns kannte so eine Einrichtung.«

»Begreift ihr denn nicht? In diesem Lager leben Kranke!« Anellas Gesicht war bleich vor Angst. »Wenn ihr euch ansteckt, können wir alle an dieser Seuche sterben!«

»Die vielleicht schon von Baron Tolocamp eingeschleppt wurde, als er von Ruatha zurückkehrte!« hörte man eine Stimme aus dem Hintergrund.

»Wer war das? Wer hat diese abscheuliche Äußerung getan?«

Statt einer Antwort hörte man nur das Scharren von Stiefeln auf den Steinfliesen. Selbst ich konnte nicht genau sagen, wer die Worte geflüstert hatte – wenngleich ich es Theskin am ehesten zutraute.

»Ich werde es herausfinden!« Anella keifte noch ein wenig weiter, aber sie würde die Wahrheit nie erfahren. Sie hatte gleich am ersten Abend die Chance vertan, das Vertrauen und die Achtung der Burgbewohner für sich zu gewinnen. »Baron Tolocamp soll erfahren, daß er eine Schlange an seinem Busen nährt!«

Sie musterte alle Anwesenden noch einmal mit zornerfülltem Blick, dann zerrte sie an dem schweren geschnitzten Stuhl, der am Ehrenplatz meiner Mutter stand. Sie war nicht kräftig genug, um ihn unter dem Tisch hervorzuziehen, und leises Gekicher begleitete ihre Anstrengungen. Ihre Mutter winkte gebieterisch eine Magd herbei, die ihr half. Als Anella endlich Platz genommen hatte, ließen sich ihre Eltern neben ihr nieder. Diejenigen unter uns, die normalerweise auf dem Podium saßen, verzichteten auf die Ehre, und alle rückten ein wenig zusammen, so daß wir an den Schragentischen Platz fanden.

»Wo sind Baron Tolocamps Kinder?« fragte sie, als wir uns gesetzt hatten. »Campen!« Sie deutete auf ihn, denn sie kannte ihn vom Sehen. »Theskin, Doral, Gallen! Nehmt eure Plätze ein!« Sie machte eine kurze Pause. Ich konnte sehen, daß ihre Mundwinkel ärgerlich zuckten. »Nalka? Ist das nicht die älteste überlebende Tochter?«

Onkel Munchaun stieß mich an. »Geh lieber hin, Rill, auch wenn sie deinen Namen nicht richtig kennt. Dein Vater wird sich an dir rächen, wenn du ihn in der Öffentlichkeit lächerlich machst.«

Ich wußte, daß er recht hatte. Als ich mich erhob, sah ich, wie die Mutter Anella etwas zuflüsterte.

»Außerdem gibt es sicher einen Harfner auf der Burg, oder? Wir pflegen dem Harfner die Ehre zu erweisen, die ihm gebührt.«

Casmodian verneigte sich mit einem gequälten Lächeln.

»Weshalb habt ihr dort unten Platz genommen?« erkundigte sie sich, als Campen und Theskin die Stufen zum Podium erklommen hatten.

»Verzeihen Sie, Lady Anella, wir dachten, Ihre Familie würde die Plätze beanspruchen«, entgegnete Theskin betont höflich.

Anella war nicht dumm; sie verstand den Seitenhieb genau, auch wenn sie keine passende Antwort parat hatte. Da übrigens niemand erwähnte, daß sie einige von Baron Tolocamps erwachsene Kinder vergessen hatte, war Peth, Jess und Gabin ein angenehmeres Abendessen beschieden als uns.

Mutig nahm Casmodian neben Anellas Vater Platz. Ich glaube, die beiden waren die einzigen an unserem Tisch, die zumindest versuchten, ein Gespräch anzuknüpfen. Ich zwang mich, ein paar Bissen zu essen, aber ich weiß nicht mehr, was ich zu mir nahm. Leider hatte ich nun die Muße, an all die Dinge zu denken, die ich *nicht* gesagt oder getan hatte, solange Mutter lebte. Ich bereute mein trotziges Fernbleiben, als sie mit meinen Schwestern von Burg Fort aufbrach. Und ich kochte vor Wut, daß Anella sich ihre Stellung anmaßte. Deshalb schwor ich mir, daß ich keinen Finger krumm machen würde, um ihr die Rolle als Burgherrin zu erleichtern. Da paßte es gut in mein Konzept, daß sie nicht einmal genau wußte, wie ich hieß. Und wenn ich die Stimmung im Speisesaal richtig einschätzte, dann hatte sie auch von den anderen keine Hilfe zu erwarten. Nicht einmal den kleinen Hinweis, daß Baron Tolocamps älteste Tochter den Namen Nerilka trug.

Ich trank an diesem Abend mehr Wein als gewohnt – oder vielleicht aß ich auch nur weniger als sonst. Jedenfalls schaffte ich es gerade noch, nach dem Abendessen in die Küche zu schlüpfen und mich zu vergewissern, daß die neue Burgherrin meinen Befehl hinsichtlich der Essensreste nicht rückgängig gemacht hatte. Dann wankte ich in mein Zimmer und fiel in einen tiefen tröstlichen Schlaf.

KAPITEL V

15. 3. 43

Die Trommeln weckten mich im Morgengrauen, denn in meiner Weinschwere hatte ich vergessen, mir Stöpsel in die Ohren zu schieben. Ich setzte mich kerzengerade auf, als ich die Botschaft vernahm: Zwölf Drachengeschwader hatten auf Igen erfolgreich einen Fädeneinfall bekämpft.

Wie konnten zwölf Geschwader in die Lüfte aufgestiegen sein, wenn die Hälfte der Drachenreiter an der Seuche erkrankt waren und der Weyr bereits die ersten Todesfälle gemeldet hatte? Wenn die Botschaften der letzten Tage stimmten, dann besaß Igen im Moment höchstens neun Geschwader – und weshalb hätte jemand die Dinge noch schrecklicher darstellen sollen, als sie ohnehin waren?

Ich stand auf und zog mich an. Als ich in die Küchengewölbe hinunterkam, brauten die Mägde gerade den ersten Kessel Klah. Der aromatische Duft belebte mich, und ich trank einen Becher des ersten, besonders kräftigen Suds, um meine Trauer und Verzweiflung zu verscheuchen. Als ich gerade den Haferbrei für das Frühstück anrührte, erschien Felim. Seine Miene heiterte sich auf, als er mich sah, doch gleich darauf runzelte er wieder gramvoll die Stirn.

»Ich mußte ganze Körbe mit Essensresten zum Lager schicken, Lady Nerilka. War die Abendmahlzeit nicht nach Ihrem Geschmack?«

»Wir hatten nach den Ereignissen des Tages kaum Appetit, Felim. Dich trifft daran keine Schuld.«

»*Sie* beschwerte sich über die geringe Auswahl an Süßspeisen«, berichtete er gekränkt. »Weiß sie überhaupt, was sie da verlangt? Ich kann doch nicht zwischen Mittag und Abend die Speisepläne einer ganzen Siebenspanne ändern!«

Ich versuchte ihn zu besänftigen. Das geschah aus reiner Gewohnheit; ich hatte nicht die geringste Lust, Anella in seinen Augen reinzuwaschen. Ein verärgerter Koch konnte in einer Burg von der Größe Forts durchaus zu einem echten Problem werden. Sollte Anella ruhig aus ihren Fehlern lernen und erfahren, wie schwer die Pflichten einer Burgherrin waren.

Erst in diesem Moment begriff ich die volle Bedeutung des Manifests, das sie am Vorabend verlesen hatte: Sie *war* jetzt Burgherrin und besaß sämtliche Machtbefugnisse meiner verstorbenen Mutter. Nun, es gab gewisse private Dinge aus dem Besitz von Lady Pendra, die ihr auf keinen Fall in die Hände fallen durften. Ich richtete noch ein paar tröstende Worte an Felim, um sicherzugehen, daß er abends ein vernünftiges Essen auf den Tisch brächte, und suchte dann hastig Mutters Büro in den Unteren Höhlen auf.

Dort nahm ich in aller Eile ihre privaten Aufzeichnungen an mich. Wir Mädchen wußten seit langem, daß sie sich Notizen über uns und das Personal zu machen pflegte, und wir vermieden es, allzu häufig in ihren Niederschriften aufzutauchen. In Anellas Händen würden die Einträge ein Erpressungswerkzeug darstellen, denn sie enthielten nicht nur unsere Kindheitssünden, sondern auch die intimen Nöte und Probleme der Bewohner im zweiten Stockwerk. Darüber hinaus besaß Mutter eine Schatulle mit Juwelen und Schmuck, der ihr ganz persönlich gehörte und nicht zu den Erbschätzen der Burg zählte. Von Rechts wegen mußten die Pretiosen unter ihren leiblichen Töchtern aufgeteilt werden. Da ich bezweifelte, daß Anella das tun würde, beschloß ich, diese Aufgabe selbst zu übernehmen.

Zunächst galt es, die Dinge sicher zu verwahren, noch ehe Anella den Besitz meiner Mutter zu durchwühlen begann. So eilte ich durch die Gesinde-Korridore zu den Lagerräumen und versteckte die beiden Pakete mit den Aufzeichnungen sowie das kleine Päckchen mit dem Schmuck auf dem obersten Brett eines staubigen Regals. Anella war mindestens zwei Handbreit kleiner als ich.

Ich befand mich gerade auf dem Rückweg, als Sim mir in den Weg trat.

»Lady Nerilka, *sie* sucht nach einer Lady Nalka.«

»Tatsächlich? Aber es gibt auf Burg Fort keine Lady Nalka, oder?«

Sim starrte mich verwirrt an. »Aber – aber meint sie damit nicht Sie, Lady?«

»Vielleicht, doch solange sie sich nicht angewöhnt, mich bei meinem richtigen Namen zu nennen, bin ich keineswegs verpflichtet, ihr Rede und Antwort zu stehen, Sim.«

»Wenn Sie meinen, Lady Nerilka.«

»Gut. Du gehst jetzt zu ihr, Sim, und sagst, daß du Lady Nalka nirgends auf der Burg finden kannst.«

»Das soll ich wirklich tun?«

»Ja, genau das sollst du tun.«

Er schlurfte davon und murmelte die Antwort vor sich hin: »Lady Nalka nirgends auf der Burg ... keine Lady Nalka auf der Burg ...«

Ich überquerte den Hof zur Harfner-Halle. Anella hatte im Moment vermutlich andere Dinge im Kopf als die Arzneivorräte, aber irgendwann würde ihr jemand den Tip geben, daß die älteste Tochter von Baron Tolocamp Lady Nerilka hieß. Und sie würde sich ganz bestimmt bei meinem Vater beschweren. Das bedeutete, daß ich mit einer harten Strafe zu rechnen hatte, sobald Baron Tolocamp die Quarantäne beendete und seine

Räume verließ. Aber noch besaß ich das volle Verfügungsrecht über die Arzneien, und ich hatte mir geschworen, daß die Heiler davon profitieren sollten.

Ein gutgelaunter Lehrling wies mir den Weg zum Küchentrakt der Halle. Während ich hinüberschlenderte, kam mir in den Sinn, daß ich in jüngster Zeit fast nur noch Küchengewölbe sah.

»Die Glasflaschen müssen richtig sterilisiert werden! Das bedeutet, daß du sie fünfzehn Minuten lang in sprudelnd kochendes Wasser tauchst und nicht einfach in den heißen Sand steckst!« erklärte Desdra gerade einem Gesellen. »Außerdem – oh, Lady Nerilka!« Desdra strahlte einen völlig neuen Optimismus aus, als sie mich begrüßte.

»Geht es Meister Capiam besser?«

»Er ist zum Glück wieder ganz der alte. Nicht jeder, der diese Seuche erwischt, muß daran sterben. Ist auf Burg Fort jemand erkrankt?«

»Wenn Sie meinen Vater meinen – er verläßt zwar seine Räume nicht, ist aber gesund genug, um seine Befehle zu erteilen.«

»Ich habe davon gehört.« Ihr schwaches Lächeln verriet mir, daß sie die Veränderungen auf Burg Fort ebenfalls geschmacklos fand.

»Ich weiß nicht, wie lange ich noch über die Arzneivorräte verfügen kann. Deshalb möchte ich, daß Sie mir sagen, was Sie am dringendsten benötigen.«

Desdra hatte sich wieder dem Gesellen zugewandt, um ihn bei der Arbeit zu beobachten. Ganz offensichtlich hatte sie wichtigere Dinge im Kopf als die Arzneien. Aber dann sah sie mich mit einem Lächeln an und fragte: »Haben Sie die Möglichkeit zum Sieden, Filtrieren und Mixen?«

»Ich stelle seit Jahren sämtliche Medikamente für den Bedarf unserer Burg her.«

»Dann wäre ich Ihnen dankbar, wenn Sie aus Tussilago eine größere Menge Hustensirup sieden könnten. Warten Sie, ich gebe Ihnen das Rezept, das in diesem Fall am wirksamsten zu sein scheint.« Sie nahm ein Stück Wildleder und einen Kohlestift und schrieb hastig, aber gut leserlich die Zutaten und Mengen auf. »Scheuen Sie sich nicht, mehr Tussilago als gewohnt zu verwenden – es ist das einzige Mittel gegen den quälenden Hustenreiz.« Dann warf sie einen Blick auf eine andere Liste. Meine Anwesenheit schien sie ein wenig zu verwirren. »Und hat Ihre Mutter – oh, ich bitte um Verzeihung!« Ihre Hand legte sich kurz auf meinen Arm, und ich las Verlegenheit und Trauer in ihrem Blick. »Wir benötigen eine kräftige Brühe für die Kranken – ganze Kessel voll, wenn es geht!«

Ich überlegte, wie Felim reagieren würde, wenn ich nun auch noch Extrawünsche anmeldete. Aber vielleicht konnte ich die Brühe selbst auf dem kleinen Nachtherd zubereiten – Knochen und Fleischreste gab es genug in unserem großen Haushalt. Und der Ort, an dem Anella mich zuletzt vermuten würde, war der Herd im hintersten Winkel des Küchengewölbes.

»Kochen Sie die Flüssigkeit ein, bis die Brühe geliert«, meinte Desdra. »Auf diese Weise kann man sie leichter transportieren.« Wieder warf sie einen Blick auf die Glasflaschen. Das Wasser begann zu sprudeln.

Ich überließ sie ihrer Arbeit und verabschiedete mich. Die Heilerin wirkte so angespannt und erregt wie selten. Ob das allein mit Meister Capiams Genesung zusammenhing? Oder hatte man etwa ein Heilmittel gegen die Epidemie gefunden?

Es kostete mich den Rest des Tages, die Brühe und den Hustensirup herzustellen. Der Tussilago brannte in der Tat so scharf, daß der Gaumen davon ganz gefühllos wurde. Ich fügte ein paar harmlose Süßkräuter bei, um den Geschmack zu verbessern, und füllte das Gemisch in zwei riesige Glasballons, nachdem ich eine große Flasche für unseren eigenen Bedarf beiseite gestellt hatte. Außerdem trug ich das Sirup-Rezept in unser Arzneibuch ein.

Als Sim und ich die Produkte meiner Arbeit zur Halle hinüberbrachten, hatte die erregte Stimmung auch die übrigen Bewohner erfaßt. Aber der Heiler-Geselle, der mir den Sirup und die Brühe abnahm, ließ sich nicht aushorchen. Er bedankte sich zwar überschwenglich, aber ich merkte deutlich, daß er mit seinen Gedanken weit weg war.

Irgendwie kam ich mir albern vor. Ich wollte helfen, und ich wußte, daß ich helfen konnte, aber niemand nahm mein Angebot an. Langsam kehrte ich über den dunklen Hof zur Burg zurück. In der Suite meines Vaters brannte Licht, ebenso in den Räumen, die meiner Mutter gehört hatten. Aber niemand stand am Fenster, um auszuspionieren, ob die neuen Vorschriften und Verbote auch eingehalten wurden.

Ich warf einen Blick über die Schulter. Die Wachtposten patrouillierten am Rande des sogenannten Lazaretts. Benötigte Desdra den Sirup und die Brühe für das Lager? Wenn ja, dann hatte sich meine Arbeit gelohnt. Mit hocherhobenem Kopf betrat ich die Burg.

KAPITEL VI

16. 3. 43

Campen entdeckte mich am nächsten Morgen in der Küche, als ich gerade den nächsten Kessel Brühe zusetzen wollte. »Hier bist du also! Anella sucht dich überall.«

»Sie sucht eine Lady Nalka. Kennst du jemanden auf Fort, der so heißt?«

Campen winkte unwirsch ab. »Du weißt ganz genau, daß sie dich meint.«

»Wenn sie nicht mal meinen Namen kennt, sehe ich keinerlei Verpflichtung, mit ihr zu reden.«

»Und inzwischen macht sie unseren Schwestern das Leben schwer. Dabei haben sie es auch ohne ihr Gekeife nicht einfach, Mutters Tod zu verkraften.«

Ich fühlte mich plötzlich elend. In meinem Zorn und Selbstmitleid hatte ich völlig vergessen, daß Lilla und Nia meinen Beistand brauchten.

»Sie will neue Kleider haben, die ihrem neuen Stand angemessen sind. Du kannst am geschicktesten mit der Nadel umgehen.«

»Kista war die beste Näherin von uns allen«, fauchte ich wütend. »Und Merin machte die ordentlichsten Säume. Aber ich gehe schon.«

Es war keine angenehme Unterredung. Natürlich hatte ich die Spielregeln der Höflichkeit verletzt. Dazu kam, daß Anella um einige Planetenumläufe jünger und ein gutes Stück kleiner war als ich. Aber ich hörte mir ihr Geschimpfe wortlos an, da ich wußte, daß ich diese Situation selbst verschuldet hatte. Es war ein schwacher Trost, daß sie den Kopf in den Nacken legen mußte, um

mich zu schelten. In ihrem reich bestickten Morgen-
mantel, der ihre schmale Figur zu erdrücken schien und
ihr ständig über die Hängeschultern rutschte, erinnerte
sie an eine aufgeplusterte Wherhenne. Es fehlte ihr an
Würde, Erfahrung, gesundem Menschenverstand und
Humor.

»Was hat das zu bedeuten, daß Sie zwei volle Tage
abwesend waren? Wenn Sie sich heimlich mit irgendeinem Pächterlümmel herumtreiben ...«

Bei dieser Anschuldigung unterbrach ich sie scharf:
»Ich war mit der Zubereitung von Kraftbrühen und Hustensirup beschäftigt. Außerdem mußte ich unsere Arzneivorräte überprüfen – für den Fall, daß auch auf Fort
die Seuche ausbrechen sollte.« Sie errötete bei meinem
Hinweis auf die gegenwärtige Krise. »Ich trage seit Jahren die Verantwortung für alle medizinischen Belange
des Burghaushalts.«

»Warum hat man mir das nicht gesagt? Ihr Vater ...«
Sie preßte die Lippen zusammen und sprach nicht weiter.

»Mein Vater hat keine Ahnung von diesen Dingen.
Alle häuslichen Angelegenheiten lagen in den Händen
meiner verstorbenen Mutter.«

Sie warf mir einen forschenden Blick zu, aber ich
hatte ruhig gesprochen und meine Worte mit großer
Sorgfalt gewählt.

»Niemand hier gibt mir die richtigen Auskünfte!« beschwerte sie sich. »Wie heißen Sie denn – wenn nicht
Nalka?«

»Nerilka.«

»Das klingt doch ganz ähnlich. Weshalb sind Sie nicht
gekommen, als ich nach Ihnen schickte?«

»Weil man mich nicht verständigte.«

»Aber die Leute wußten, daß ich die älteste Tochter
des Burgherrn suchte.«

»Sie sollten berücksichtigen, daß im Moment auf Burg Fort große Trauer und Verwirrung herrschen.«

Anella preßte die Lippen zu einem dünnen Strich zusammen, aber ihre vorquellenden Augen blitzten vor Zorn und verrieten, daß sie innerlich kochte. Sie rauschte zum Fenster, zerrte am Ausschnitt ihres Morgenmantels und kehrte wieder um.

»Da Ihre Mutter alles so perfekt organisiert hatte, gibt es auf Fort sicher irgendwo einen Vorrat an Stoffen und Schnittmustern. Begleiten Sie mich, damit ich das passende Material für meine neue Garderobe abmessen kann!«

»Tante Sira beaufsichtigt die Webstube.«

»Was kümmert mich diese Webstube? Ich möchte, daß Sie ein paar Kleider für mich nähen. Sie können doch mit Nadel und Faden umgehen, oder?« Als ich nickte, fuhr sie fort: »Wo sind die Schlüssel?« Ich deutete auf die kleine Truhe. Mit einem triumphierenden kleinen Aufschrei lief sie hin und riß die Schublade so weit auf, daß sie fast aus den Führungen kippte. Die Schlüssel der Burg hatten ihr noch zum Zeichen ihrer neuen Würde gefehlt. Sie mußte den massiven Ring mit beiden Händen festhalten. »Welcher Schlüssel gehört zur Stoffkammer? Und welcher öffnet den Tresor mit dem Familienschmuck? Und den Spezereien-Schrank?«

»Die einzelnen Stockwerke sind durch Farben gekennzeichnet. Die Schlüssel zu den Wirtschaftsräumen sind kleiner als die zu den Wohn- und Schlafräumen. Die goldenen Schlüssel führen in den Speise- und Aufenthaltssaal, die grünen in die Küchengewölbe.«

Ich verbrachte den Rest des Vormittags damit, meine Stiefmutter durch die verschiedenen Stockwerke der Burg zu führen – bis hinunter in die Gewölbe mit den Wirtschaftsräumen. Ihre Fragen beantwortete ich ausführlich und wahrheitsgemäß, aber ich dachte nicht daran, ihr freiwillig irgendwelche Informationen zu liefern. Hinterher wußte ich nicht, was mich mehr ärgerte – mein eigenes Verhalten oder ihre totale Ahnungslosigkeit in Haushalts- und Verwaltungsdingen. Hatte ihre Mutter sie denn überhaupt nicht zur Arbeit angehalten, obwohl sie die einzige Tochter des Hofes war? Ich nahm an, daß mein Vater den Tag verwünschen würde, an dem seine Sinnlichkeit über die Vernunft gesiegt hatte. Und die Inkonsequenz seines Verhaltens! Garben, der Mann, der um meine Hand angehalten hatte, war ihm nicht vornehm genug gewesen, obwohl er aus dem gleichen gesellschaftlichen Umfeld stammte wie Anellas Familie. Plötzlich wußte ich, daß ich auf keinen Fall hier sein wollte, wenn für Baron Tolocamp das große Erwachen kam.

Anella brauchte mich zum Zuschneiden einiger Kleider. Wenigstens besaß sie so viel Verstand, daß sie Nia und Lilla den Rest der Stoffbahnen für neue Kittel schenkte. Das hatte zur Folge, daß die beiden bereitwillig bei der Näharbeit halfen. Sobald die Schnitte geheftet waren und die Mädchen allein zurechtkamen, zog ich mich unter dem Vorwand zurück, daß ich nach meinen Arzneien sehen müßte.

An diesem Tag erfuhr ich in der Harfner-Halle erstmals von den Blutserum-Injektionen, die man den Kranken verabreicht hatte. Man schilderte mir in Kurzform die alte Heilmethode, an die sich Meister Capiam erinnert hatte: Aus dem Blut der Genesenen wurde durch Ausschleudern des Serums ein Impfstoff gewonnen, der gerade so viele Krankheitskeime enthielt, daß er die Abwehrreaktion des Körpers in Gang setzte und auf diese Weise die Seuche bekämpfte. Die Heiler hatten die ersten Injektionen erhalten, da sie am stärksten gefährdet waren. Bei Meister Fortine, der bereits erkrankt war, verlief der Heilungsprozeß seit der Impfung wesentlich rascher. Man hoffte, daß es bald, sehr bald genug von diesem Serum geben würde, um alle Bewohner von Pern vor der Ansteckung zu schützen. Unser Planet war gerettet!

Ich blieb trotz der Begeisterungsstürme ein wenig skeptisch, aber die Atmosphäre in der Halle war durchdrungen von Hoffnung und Erleichterung. Als ich in die Burg zurückkehrte, fühlte ich mich befreit von der bedrückenden Angst, daß noch mehr Menschen, die ich liebte, den Tod finden könnten. Ich rannte in die Nähstube, um meinen Schwestern die gute Nachricht zu bringen. Natürlich war auch Anella anwesend; ihr entging kein Wort, und sie befragte mich eingehend, ehe sie aus dem Zimmer stürzte. Vielleicht lag ihr die Gesundheit meines Vaters doch mehr am Herzen als sein großer Besitz.

Wie es genau geschah, weiß ich nicht, aber am Abend tauchten plötzlich drei Heiler in der Burg auf. Sie wurden sofort in die Privaträume meines Vaters geleitet. Ich nehme an, daß sie ihn zuerst impften. Ganz sicher kamen gleich danach Anella und ihre beiden Kleinen an die Reihe. Zu meiner völligen Verblüffung versammelte Vater jedoch auch seine übrigen Söhne und Töchter und ließ uns allen eine Injektion verabreichen. Meine jüngeren Geschwister ertrugen das Pieksen der Nadeldorne, ohne eine Träne zu vergießen.

»Der Impfstoff reicht noch für etwa fünfzehn Personen, Lady Nerilka«, flüsterte mir der Heilergeselle zu, während er mich behandelte. »Wen schlagen Sie vor? Desdra meinte, ich soll mich an Sie wenden. Sie wüßten hier am besten Bescheid.«

Ich bat ihn, zunächst sämtliche Pflegerinnen der Kinderkrippe zu impfen, dann unsere drei Harfner sowie Felim und seinen Stellvertreter. Außerdem Tante Sira, da sie allein all die herrlichen Brokatmuster kannte, auf die unsere Burg so stolz war. Und Burgverwalter Barndy mitsamt seinem Sohn. Die beiden waren unersetzlich, solange Vater sich weigerte, seine Räume zu verlassen. Onkel Munchaun sollte ebenfalls eine Injektion erhalten. Er konnte im Notfall die Rolle des Burgverwalters übernehmen, und er war der einzige, der Baron Tolocamp gelegentlich anbrüllte, ohne eine Vergeltungsmaßnahme zu riskieren.

17. 3. 43

Anella zwang mich, den größten Teil des Vormittags in der Nähstube zu verbringen. Ständig mäkelte sie an unserer Arbeit herum. Ab und zu mußten wir eine Naht auftrennen, die völlig in Ordnung war, während sie tatsächliche Schlampereien übersah. Nach einer Weile begannen meine Nerven zu flattern. Lilla, Nia und Mara zeigten mehr Geduld als ich, aber immerhin sollten sie ja neue Kittel für ihre Mühe erhalten.

Anella war zudem geschmacklos genug, uns Baron Tolocamps neueste Anweisungen an den Burgverwalter und Campen zu übermitteln: Ab sofort durfte aus den Vorratskammern der Burg nichts mehr an die Bedürftigen abgegeben werden. Da Fort die Verantwortung für die Bewohner seines Herrschaftsbereiches trage, sei es in dieser Zeit der Krise verpflichtet, mit gutem Beispiel voranzugehen und äußerste Sparsamkeit walten zu lassen. Das gelte auch, fuhr Anella mit sichtlichem Vergnügen fort, für die Heiler- und Harfner-Halle. Meister Capiam und Meister Tirone hätten sich bereits zu einem Gespräch angesagt – vermutlich um Lebensmittel und Arzneien zu erbitten.

Als ich das hörte, reichte es mir endgültig. Meine Geduld, meine Höflichkeit und meine Loyalität waren erschöpft. Ich konnte weder die Anwesenheit dieser Frau ertragen noch die Feigheit und den Geiz meines Vaters, der mit seinem Verhalten Schande über unser altehrwürdiges Geschlecht brachte. Mein Entschluß stand fest: Ich würde Burg Fort verlassen.

Unter dem Vorwand, daß ich ein neues Konfekt-Rezept für das Abendessen ausprobieren wolle, verließ ich die Nähstube. Ich durchquerte die Küchengewölbe und begab mich in den kleinen Apotheken-Raum. Dort destillierte ich Fellis in dem größten Kessel, den ich fand, und kochte noch einmal eine Riesenmenge Tussilago-Sirup. Während die Flüssigkeit auf dem Herd siedete, plünderte ich die vollgestopften Regale. Ich zweigte von sämtlichen Kräutern und Wurzeln großzügige Portionen ab, bündelte und verpackte sie und stapelte sie in einer kühlen Ecke des inneren Lagerraums. Ich war ziemlich sicher, daß Anella hier nicht auftauchen würde. Dann füllte ich den Fellissaft und den Tussilago-Sirup in strohumwickelte Glasballons und schnürte ein kleines Bündel mit meiner persönlichen Habe. Um keinen Verdacht zu erregen, bereitete ich noch etwas von dem klebrigen Konfekt, das Anella und ihre Eltern so sehr schätzten.

An diesem Abend suchte ich Onkel Munchaun auf. Ich überreichte ihm den persönlichen Schmuck meiner Mutter und bat ihn, die Sachen später an meine Schwestern zu verteilen.

»Hm.« Er warf einen nachträglichen Blick auf das Päckchen und wog es in der Hand. »Hast du nichts davon für dich behalten?«

»Nur einige Erinnerungsstücke. Ich glaube nicht, daß ich an meinem neuen Wirkungsort Schmuck brauchen werde.«

»Gib mir die Nachricht, wenn du kannst, Rill. Ich werde dich sehr vermissen.«

»Ich dich auch, Onkel. Gibst du ein wenig auf meine Schwestern acht?«

»Habe ich das nicht immer getan?«

»Mehr als alle anderen.« Ich konnte nichts mehr sagen, sonst wäre mein Entschluß ins Wanken geraten. Hastig floh ich aus dem zweiten Stock in mein Zimmer.

18. 3. 43

Ich hatte am nächsten Tag eben wieder einen Kessel mit Kraftbrühe angesetzt, als ich den Meisterharfner und den Meisterheiler zu ihrer Unterredung in die Burg kommen sah. Ich winkte Sim zu mir und befahl ihm, mit zwei anderen Knechten vor dem Apothekenraum auf mich zu warten, weil ich in Kürze einen Auftrag für sie hätte.

Hastig schlüpfte ich in meine vorbereiteten Reisekleider und stopfte noch ein paar persönliche Dinge in die Gürteltaschen. Dann warf ich einen Blick in den kleinen Spiegel an der Wand meines Zimmers. Einen Moment lang zögerte ich. Auf mein langes dichtes Haar war ich immer sehr stolz gewesen. Aber dann nahm ich kurzentschlossen die Schere, schnitt die dicken Flechten ab und schob sie in den dunkelsten Winkel meines Zimmers. In den nächsten Stunden würde wohl kaum jemand auf den Gedanken kommen, mein Zimmer zu durchsuchen. Und das kurze Haar paßte gut zu der Rolle, die ich von nun an im Leben spielen wollte.

Ich kämmte die Haare straff nach hinten und band sie mit einer Lederschnur im Nacken zusammen. Dann verließ ich das Zimmer, das mir seit meinem achtzehnten Sommer Zuflucht geboten hatte, und huschte über die Wendeltreppe in den ersten Stock, wo sich die Suite meines Vaters befand.

Dicht neben der Tür zu seinen Räumen bildete ein Torbogen eine Nische an der inneren Korridorwand. Kaum hatte ich in seinem Schatten Stellung bezogen, als von der Harfner-Halle die Trommeln herüberdröhnten. Sie verkündeten, daß Orlith fünfundzwanzig Eier gelegt hatte und daß sich darunter ein Königinnen-Ei befand. Endlich eine gute Nachricht! Sicher herrschte im Fort-Weyr großer Jubel über das Ereignis. In diesem Moment vernahm ich die mürrische, unzufriedene Stimme meines Vaters jenseits der Tür. Ich schüttelte den Kopf. Zu normalen Zeiten hätte er ein Gelege des Fort-Weyrs mit einer Runde Wein für alle gefeiert.

Es befand sich niemand in der Nähe. Zu dieser frühen Stunde hatte das Gesinde in den Wirtschaftsräumen mehr als genug zu tun. Ich trat dicht an die Tür heran und preßte das Ohr gegen das Holz. So konnte ich den größten Teil der Unterredung verstehen. Capiam und Tirone hatten klare, kräftige Stimmen, die weit trugen – besonders jetzt, da sie ärgerlich schienen. Nur meinen Vater verstand ich schlecht.

»Fünfundzwanzig Eier sind eine ganze Menge!« sagte Capiam gerade. »Wir befinden uns immerhin kurz vor einem Intervall.«

»Moreta ... Kadith ... Paarungsflug aufsteigt. Sh'gall ... sehr krank.«

»Das sind Dinge, die uns nichts angehen«, hörte ich Meister Tirone sagen. »Außerdem hat die Krankheit eines Reiters keine Auswirkungen auf die Leistungsfähigkeit eines Drachen. Und da Sh'gall heute in Nerat gegen die Sporen kämpft, scheint er wieder gesund zu sein.«

Ich wußte, daß beide Weyrführer an der Seuche erkrankt waren, denn man hatte in aller Eile Jallora von der Heiler-Halle in den Fort-Weyr entsandt, nachdem der dortige Heiler gestorben war. Weshalb Sh'gall allerdings in Nerat Fäden bekämpfte, entzog sich meiner Kenntnis.

»Ich wollte, man würde uns über die Verhältnisse in den Weyrn besser aufklären«, meinte mein Vater. »Ich mache mir solche Sorgen ...«

»Die *Weyrn*«, – Tirone betonte das Wort –, »haben ihre Pflichten gegenüber den Burgen auch in dieser schweren Zeit erfüllt, wie es die Tradition verlangt.«

»Habe *ich* etwa die Krankheit in den Weyrn eingeschleppt?« fragte mein Vater streitsüchtig. »Oder in den Burgen? Wenn die Drachenreiter nicht ständig hierhin und dorthin flögen ...«

»Und die Burgherren nicht so sehr darauf bedacht wären, in jedem Winkel des Kontinents ...«, zischte Capiam wütend.

»Jetzt ist nicht der geeignete Augenblick für gegenseitige Vorwürfe!« unterbrach Tirone sie rasch. »Tolocamp, Sie wissen ebensogut, wenn nicht besser als wir alle, daß ein paar Seeleute dieses Katzenscheusal auf unseren Kontinent brachten!« In der Stimme des Meisterharfners schwang Mißbilligung mit. »Kehren wir lieber zu dem Thema zurück, das von der Trommelbotschaft unterbrochen wurde. In dem Lazarett, das Sie errichten ließen, liegt eine Reihe von Schwerkranken. Wir haben im Moment nicht genug Impfstoff, um ihnen zu helfen, aber man könnte ihnen wenigstens anständige Quartiere beschaffen und eine gute Pflege angedeihen lassen.«

»Sagten Sie nicht selbst, daß Heiler bei ihnen sind?« Die Stimme meines Vaters klang unwirsch.

»Heiler sind nicht immun gegen Viren, und auch sie

können ohne Medikamente nichts ausrichten«, sagte Capiam drängend. »Sie besitzeen große Arzneivorräte ...«

»... die noch meine verstorbene Gemahlin gesammelt und zubereitet hatte ...«

»Baron Tolocamp«, – ich konnte den Zorn in Meister Capiams Stimme spüren –, »wir brauchen diese Arzneien!«

»Für Ruatha, habe ich recht?«

»Es gibt noch mehr Burgen und Höfe auf Pern!« erklärte Capiam, und das klang, als stünde Ruatha ganz unten auf seiner Liste.

»Die Vorratshaltung gehört zu den Pflichten eines jeden Burgherrn. Ich denke nicht daran, meinen Untertanen die Dinge zu rauben, die sie vielleicht selbst dringend benötigen.«

Tirone mischte sich in das Streitgespräch ein. »Wenn es die Weyr schaffen, in dieser harten Zeit ihre Verantwortung weit über die Grenzen der ihnen anvertrauten Gebiete auszudehnen, dann werden Sie sich doch nicht weigern, das gleiche zu tun.« In seinem vollen Baß schwang ein bittender Ton mit.

Ich war empört über die grobe Antwort meines Vaters:

»O doch! Ich weigere mich! Kein Fremder soll es wagen, meinen Besitz zu betreten! Ich will nicht, daß diese Seuche oder sonst eine ansteckende Krankheit eingeschleppt wird. Ich setze das Wohl von Burg Fort nicht länger aufs Spiel. Und ich gebe nichts mehr von meinen Vorräten ab!«

Hatte mein Vater denn keine einzige der Botschaften vernommen? Wußte er nicht, daß in Keroon, Ista, Igen, Telgar und Ruatha Tausende den Tod gefunden hatten? Meine Mutter und vier meiner Schwestern gehörten zu den Opfern, desgleichen wohl auch die Wächter und

Diener, die sie begleitet hatten – aber das waren insgesamt vierzig von ... vierhundert, viertausend, vierzigtausend?

»Dann werden meine Heiler die Burg verlassen.« Ich nickte zustimmend, als ich Capiams Drohung hörte.

»Aber, aber, *das können Sie nicht tun!*«

»Selbstverständlich kann er, können *wir* das tun«, entgegnete Meister Tirone. Stuhlbeine scharrten über den Boden; offenbar hatten sich die Männer erhoben. Ich preßte beide Hände gegen die Lippen. »Sie haben vergessen, daß die Gildeangehörigen unserer Rechtssprechung unterstehen ...«

Ich zog mich hastig in den Schatten des Torbogens zurück, als die Tür heftig aufgerissen wurde und Capiam in den Korridor stürmte. Zorn lag auf den Zügen des Meisterheilers. Tirone folgte ihm und schmetterte die Tür ins Schloß.

»Ich trommle meine Leute zusammen. Dann treffen wir uns im Lager.«

»Ich hätte nicht gedacht, daß es dazu kommen würde.« Capiam schüttelte düster den Kopf.

Ich hielt den Atem an. Einen Moment lang befürchtete ich, daß sie ihren Entschluß rückgängig machen könnten – dabei brauchte mein Vater Widerstand, um zur Vernunft zu kommen.

»Tolocamp hat die Großherzigkeit der Gilden einmal zu oft ausgenützt. Ich hoffe, dieser Vorfall erinnert auch andere Burgherren daran, daß wir gewisse Rechte besitzen.«

»Holen Sie Ihre Leute, Tirone, aber kommen Sie nicht mit ins Lager. Sie werden in der Halle dringend gebraucht.«

»Wozu?« Tirone lachte bitter. »Meine Leute schmachten bis auf wenige Ausnahmen in diesem verdammten Lager ...«

In diesem Moment wußte ich, wohin ich gehen würde, wenn ich die Burg verließ, und ich wußte auch, wie ich die Schande, die mein Vater über die Familie gebracht hatte, wieder tilgen konnte.

»Meister Capiam.« Ich trat aus dem Schatten. »Ich besitze die Schlüssel zu den Vorratsräumen.«

»Aber wie ...?« Tirone beugte sich vor und musterte meine Züge. Er kannte mich ebensowenig wie Meister Capiam, aber ihnen war wohl klar, daß ich zur ›Fort-Horde‹ gehörte.

»Baron Tolocamp machte seinen Standpunkt bereits klar, als der Hilferuf nach Arzneien hier eintraf. Aber einen Großteil der Pflanzen und Kräuter habe *ich* gesammelt und zubereitet.«

»Lady?« Capiam wartete darauf, daß ich meinen Namen nannte. Seine Stimme klang sanft und freundlich.

»Nerilka«, sagte ich hastig. »Es ist mein Recht, Ihnen die Früchte meiner Arbeit anzubieten.« Tirone schien zu begreifen, daß ich an der Tür gehorcht hatte, aber das war mir gleichgültig. »Allerdings stelle ich eine Bedingung.« Ich ließ die Schlüssel durch die Finger gleiten.

»Wenn ich sie erfüllen kann«, meinte Capiam vorsichtig.

»Ich möchte die Burg mit Ihnen verlassen und die Kranken in diesem schrecklichen Lazarett vor den Toren von Fort pflegen. Ich bin geimpft. Baron Tolocamp war an jenem Tag ungemein großzügig. Aber wie dem auch sei, ich habe keine Lust mehr, in einer Burg zu leben, in der mich ein Mädchen, das jünger ist als ich, als billige Arbeitskraft auszunützen versucht. Sie und ihre Familie durften die Burg betreten, während die Heiler und Harfner da draußen sterben.« Beinahe hätte ich hinzugefügt: ›So wie er meine Mutter und meine Schwestern auf Ruatha sterben ließ!‹ Statt dessen faßte ich Capiam leicht am Ärmel. »Hier entlang, rasch!«

Ich wußte, daß Tolocamp sich bald von seinem Schock erholen und dann nach Barndy oder einem meiner Brüder rufen würde.

»Ich werde inzwischen unsere Gildenangehörigen verständigen und mit ihnen die Burg verlassen«, sagte Tirone. Er wandte sich ab und ging über den Hof.

»Junge Frau, sind Sie sich über die Folgen dieses Schrittes im klaren? Wenn Sie die Burg ohne Erlaubnis Ihres Vaters verlassen, besonders jetzt, da seine Stimmung mehr als gereizt ist ...«

»Meister Capiam, ich bezweifle, daß er mein Verschwinden überhaupt bemerkt«, unterbrach ich ihn. Vielleicht hatte sogar er Anella gesagt, daß ich Nalka hieße. »Vorsicht, die Stufen sind sehr steil!« warnte ich, als mir einfiel, daß es der Meisterheiler nicht gewöhnt war, Hintertreppen zu benutzen. Ich entfachte eine Handlampe.

Capiam stolperte einige Male, während wir die gewundene Treppe hinunterstiegen, und ich hörte seinen erleichterten Seufzer, als wir endlich den breiteren Gang zu den Vorratsräumen erreicht hatten. Sim und zwei andere Knechte saßen mit unbewegten Mienen auf der Holzbank neben der Tür.

»Ihr seid pünktlich, wie ich sehe.« Sim hatte wohl nicht damit gerechnet, hier dem Meisterheiler zu begegnen, und ich nickte ihm beruhigend zu. »Vater schätzt Pünktlichkeit.« Mit diesen Worten sperrte ich die Tür auf.

Ich ging voraus und machte Licht. Meister Capiam tat einen erstaunten Ausruf, als er den Raum erkannte, in dem er und meine Mutter oft die Kranken der Burg behandelt hatten. Ich betrat den Vorratsraum.

»Sehen Sie, Meister Capiam! Das sind die Früchte meiner Arbeit, seit ich alt genug war, Blätter und Blüten zu pflücken oder Wurzeln und Knollen auszugraben.

Ich will nicht behaupten, daß ich jedes einzelne Regal bis an den Rand gefüllt habe, aber meine Schwestern würden mir ihren Anteil nicht verweigern, wenn sie noch lebten. Leider sind nicht mehr alle dieser Schätze zu gebrauchen, selbst Kräuter und Wurzeln verlieren mit der Zeit ihre Heilkraft. Nur die Tunnelschlangen werden fett von dem Zeug.« Ich hatte das Rascheln gehört, als ich die Leuchtkörbe ansteckte und die lästigen Schmarotzer die Flucht ergriffen. »Sim, verteil die Joche, die dort drüben in der Ecke liegen!« Ich hob meine Stimme, denn meine vorangegangenen Worte waren nur für den Meisterheiler bestimmt gewesen. Er sollte nicht den Eindruck erhalten, daß er unsere Burg um lebensnotwendige Dinge beraubte. »Ihr schafft zuerst die Ballen ins Freie.« Sie gehorchten, und ich wandte mich Meister Capiam zu. »Darf ich Ihnen den Fellissaft anvertrauen? Ich nehme das da.« Ich packte den zweiten Glasballon an der Trageschlaufe und schlang ihn mir über die Schulter. »Ich habe heute nacht frischen Tussilago gemischt, Meister Capiam. So ist es gut, Sim. Ihr könnt jetzt losgehen. Wir benutzen den Küchenausgang. Baron Tolocamp hat sich erst kürzlich darüber beschwert, daß die Dienstboten die Teppiche des Wohntraktes zu sehr abnützen.« Das war eine schamlose Lüge. »Wir richten uns am ehesten nach seinen Befehlen, auch wenn es einen Umweg für uns bedeutet.«

Ich deckte die Leuchtkörbe zu und setzte den Glasballon ab, um die Tür zum Vorratsraum wieder zu versperren. Capiam warf mir einen sonderbaren Blick zu, aber ich kümmerte mich nicht darum. Jetzt kam es nur darauf an, die Burg ungesehen zu verlassen.

»Ich würde gern mehr mitnehmen, aber so ist es sicherer. Vier Knechte bei der mittäglichen Wachablösung, das fällt dem Posten vermutlich nicht auf.« Jetzt erst bemerkte Capiam mein grobes Arbeitsgewand und die schweren Stiefel. »Keiner wird sich Gedanken darüber machen, wenn einer der Knechte zum Lager weitergeht. Und das Gesinde in der Küche wird nichts dabei finden, daß der Meisterheiler Vorräte mitnimmt.« An solche Dinge hatte ich die Dienstboten seit langem gewöhnt. »Im Gegenteil, es würde die Leute wundern, wenn Sie mit leeren Händen gingen.«

Ich hatte die Außentür verschlossen und warf einen nachdenklichen Blick auf meinen Schlüsselbund. Ich konnte ihn nicht so einfach an den Wandhaken hängen. »Man weiß nie«, murmelte ich und schob ihn in meine Gürteltasche. »Meine Stiefmutter hat ihre eigenen Schlüssel. Sie denkt, es seien die einzigen. Mutter dagegen fand immer, daß die Kräuterküche das geeignete Reich für mich sei. Hier entlang, Meister Capiam!«

Er folgte mir, und ich spürte, wie er nach Argumenten suchte, um mich zum Hierbleiben zu bewegen.

»Lady Nerilka, wenn Sie jetzt die Burg verlassen ...«

»Daran besteht kein Zweifel.«

»... wird Baron Tolocamp ...«

Ich blieb mit einem Ruck stehen und sah den Heiler an. Das Küchengesinde mußte nicht unbedingt mitanhören, daß wir ein Streitgespräch führten. »Er wird meine Abwesenheit gar nicht bemerken. Und das da fehlt ihm sicher nicht.« Während ich den Glasballon aufnahm, verschwand Sim bereits durch den Nebenausgang. Ich hielt es für besser, ihm zu folgen. »Ich kann den Leuten im Lager echte Hilfe bringen, denn ich weiß, wie man Pulver mischt und Heiltränke braut. Es ist besser, etwas Nützliches zu vollbringen, als abgeschoben in irgendeiner Ecke herumzusitzen.« *Und Säume für die Prunkgewänder meiner Stiefmutter zu nähen*, dachte ich, aber ich sprach es nicht aus. »Und ich weiß, daß Ihre Helfer überfordert sind. Sie brauchen jede Unterstützung.

Außerdem«, – ich berührte die Schlüssel in meiner Gürteltasche –, »kann ich notfalls immer noch zurückkehren. Sehen Sie mich nicht so erstaunt an! Die Dienstboten tun das ständig. Warum nicht auch ich?«

Ich mußte Sim und die anderen einholen, wenn ich nicht unangenehm auffallen wollte. Und ich durfte nicht vergessen, mich wie ein Knecht zu verhalten. Sobald wir das Küchengewölbe verlassen hatten, ließ ich die Schultern hängen, senkte den Kopf, schlurfte mit schwerfälligen Schritten über den Sand und tat, als würde mich meine Last völlig niederdrücken.

Meister Capiam warf einen Blick nach links, wo der Haupthof und der Treppenaufgang zur Burg lagen. Tirone kam mit den Heilern, die bis jetzt unsere alten Leute versorgt hatten, und mit drei Harfnern die Rampe herunter.

»Er wird sie beobachten und nicht uns«, erklärte ich Meister Capiam, denn auch ich hatte die Gestalt meines Vaters am offenen Fenster bemerkt. Vielleicht holte er sich noch durch eine Erkältung den Tod. »Gehen Sie etwas gebückter, Meister Capiam! Im Augenblick sind Sie nur ein Knecht, der widerwillig bis zur Burggrenze geht, weil er Angst hat, sich anzustecken und wie alle im Lager zu sterben.«

»Es sterben nicht alle im Lager!«

»Natürlich nicht«, erklärte ich hastig, als ich den Ärger in seiner Stimme spürte. »Aber Baron Tolocamp ist davon überzeugt. Und er hämmert es den Burgbewohnern immer wieder ein. Oh, ein verspäteter Versuch, den Exodus aufzuhalten!« Ich entdeckte Helmspitzen an der Balustrade. »Gehen Sie weiter, als sei nichts geschehen!« Der Meisterheiler war für einen Moment stehengeblieben, und ich wollte vermeiden, daß Vater seine Aufmerksamkeit uns zuwandte. Der Abzug der Heiler und Harfner bot eine willkommene Ablenkung.

»Sie können so langsam gehen, wie Sie wollen, das tun alle Dienstboten, aber halten Sie auf keinen Fall an!«

Ich drehte den Kopf nach links. Das fiel sicher nicht auf, denn das Gesinde hatte die Angewohnheit, Befehle zu mißachten, wenn es etwas Interessanteres als den Alltagstrott zu sehen bekam. Und Wachen, die eine Gruppe von Heilern und Harfnern verfolgten, waren ein aufregender Anblick. Ganz besonders Wachen, die nur widerwillig zu gehorchen schienen. Ich konnte mir Barndys Bestürzung vorstellen. »Den Meisterharfner festhalten, Baron Tolocamp? Aber das geht doch nicht! Die Heiler ebenfalls? Werden sie nicht dringend in ihrer Gildehalle gebraucht?«

Nach einem kurzen Wortwechsel mit Tirone blieben die Wachen stehen, und die Gruppe setzte ihren Weg zur Harfnerhalle unbehelligt fort.

Wir hatten bereits die Straße überquert. Ich ging noch immer in der gebückten Knechtshaltung, aber ich bezweifelte, daß mein Vater auch nur einmal in unsere Richtung geschaut hatte. Sim und die beiden anderen hatten die Postenkette erreicht, und Theng warf einen mißtrauischen Blick auf die Lasten, die sie schleppten, aber dann sah er den Korb mit dem Mittagessen für seine Leute, und er entspannte sich.

Ich begann mir Sorgen um Meister Capiam zu machen. Er wurde dringend in der Gildehalle gebraucht, und ich wollte nicht, daß man ihn im Lager festhielt.

»Wenn Sie den Grenzzaun überschreiten, Meister Capiam, läßt er Sie nicht mehr zurück.«

»Wenn es mehr als einen Weg in die Burg gibt, dann wird es auch mehr als einen Weg über den Grenzzaun geben«, meinte er mit einem spöttischen Lächeln. »Wir sehen uns später, Lady Nerilka.«

Ich nickte erleichtert. Wir waren dem Lager inzwischen so nahe, daß ich die Männer und Frauen erkennen konnte, die in gebührendem Abstand warteten, um die Sachen in Empfang zu nehmen.

»Einen Moment, Meister Capiam!« Theng kam erschrocken auf uns zu, als er sah, daß sich der Meisterheiler zielstrebig der Wachhütte näherte. »Sie müßten im Lazarett bleiben, wenn Sie ...«

»Keine Sorge. Ich möchte lediglich verhindern, daß diese Medizin hier mehr als nötig herumgestoßen wird, Theng. Machen Sie den Leuten klar, daß die Fracht kostbar und sehr zerbrechlich ist.«

Ich wandte mich ab und beschäftigte mich eingehend mit dem Glasballon. Theng kannte mich gut, und er würde für einigen Wirbel sorgen, wenn er meine Absicht durchschaute.

»Gut, den Gefallen kann ich Ihnen gern erweisen«, entgegnete Theng. Er stellte den Glasbehälter neben die Ballen und schrie den wartenden Männern und Frauen zu: »He, das hier ist ein Medikament, das ihr mit Vorsicht behandeln sollt! Am besten übergebt ihr es gleich einem Heiler.«

Ich hätte Capiam gern gesagt, daß ich mich um den Glasballon und die übrigen Medikamente kümmern würde, aber ich wagte mich nicht in Thengs Nähe. Der Wachoffizier geleitete Meister Capiam ein Stück zur Straße zurück, um sich zu vergewissern, daß er jenseits der Grenzlinie blieb. Ich nutzte die Gelegenheit und ging mit schnellen Schritten den Weg hinunter, auf die Abordnung des Lagers zu.

»Äh, Sie verstehen, Meister Capiam«, hörte ich Theng sagen, »ich kann nicht zulassen, daß Sie mit einem Ihrer Gildeangehörigen zusammenkommen.«

Ich war ungemein erleichtert, daß Theng den Meisterheiler so energisch am Betreten des Lazaretts gehindert hatte. Vielleicht war es anmaßend von mir, aber ich fand, daß Capiam in der Halle mehr ausrichten konnte als hier. Er mußte seine Leute führen und sich mit den Meistern der anderen Gilden beraten – besonders jetzt, da er und der Meisterharfner meinem Vater den offenen Kampf angesagt hatten. Auch wenn ich seine Haltung als Heiler bewunderte – es hatte keinen Sinn, wenn er sich in diesem Lager in Gefahr brachte. Vielleicht konnte man das Lazarett nun, da der neue Impfstoff zur Verfügung stand, ohnehin bald auflösen. Dagegen würde es noch lange dauern, bis Burg, Halle und Weyr die Folgen der Seuche überwunden hatten und zum Alltag zurückkehrten.

Außerdem hatte ich einen sehr selbstsüchtigen Grund, wenn ich mich gegen Capiams Anwesenheit im Lager sträubte. Ich hatte nämlich die Absicht, nicht nur meine Identität, sondern auch meine Burgzugehörigkeit zu wechseln. Möglich, daß einige der Harfner und Heiler im Lazarett mein Gesicht schon gesehen hatten, aber sie würden mich nicht mit Baron Tolocamp in Verbindung bringen. Eine Tochter aus gutem Hause hatte in der Unbequemlichkeit eines Internierungslagers, umgeben von Ansteckungsgefahr und Tod, nicht das geringste zu suchen.

Desdra hatte mein Hilfsangebot zweifellos auch aus diesem Grund abgelehnt. Sie wußte, daß eine junge Dame des Erbadels nicht öffentlich als Heilerin arbeiten konnte. Möglicherweise sah sie in mir aber auch eine verwöhnte, trotzige Person, und damit hatte sie nicht so ganz unrecht. Einige meiner jüngsten Reaktionen mußte man in der Tat als kleinlich und störrisch bezeichnen. Mir ging es jedoch nicht darum, heroisch auf meinen hohen Rang zu verzichten. Ich suchte vielmehr eine echte Aufgabe, anstatt auf Burg Fort festzusitzen, wo ich meine Energie mit Trivialitäten verschwendete. Zu den ›passenden Beschäftigungen‹ für Mädchen meines Standes zählte beispielsweise das Säumen von

Anellas Kleidern – und das konnte jede Magd aus der Web- und Nähstube besser erledigen als ich.

Diese Gedanken gingen mir flüchtig durch den Kopf, während ich in das Lager schlurfte – obwohl ich als Tochter aus vornehmem Hause gelernt hatte, in winzigen Trippelschritten gleichsam über dem Boden zu schweben. Nun, ich hatte es in dieser Disziplin ohnehin nie zur Perfektion gebracht. Gebückt folgte ich den Männern und Frauen, die mit den Körben zur Grenzlinie gekommen waren. Nun konnte ich sehen, daß die meisten von ihnen die Harfnertracht trugen. Ich erkannte die Farben der Burg am Fluß und die der Meeresburg. Wanderer, die sich nach Burg Fort begeben hatten, um von Baron Tolocamp Hilfe zu erbitten? Der Weg bog in ein Wäldchen ab, und vor mir tauchten die primitiven Baracken und Zelte auf, die mein Vater hatte errichten lassen. Es war in der Tat ein Glück, daß wir bis jetzt so mildes Wetter hatten; meist brachte nämlich der dritte Monat noch Stürme, Schnee und schneidende Kälte. In Steinkreisen brannten offene Feuer. Ich sah Eisengestelle zum Befestigen von Kesseln und Bratspießen. Hatte Desdra meine Kraftbrühen hierher geschickt? Hohlwangige Gestalten mit glanzlosen Augen, gezeichnet von der eben erst überstandenen Krankheit, drängten sich um die Feuerstellen. Obwohl sie in Decken oder Felle gehüllt waren, schienen sie zu frieren.

Etwas abseits am Waldrand stand eine große, aus allerlei Resten zusammengeflickte Hütte. Lautes Stöhnen und heftige Hustenanfälle verrieten mir, daß sich dort das eigentliche Lazarett befand. Der Glasballon mit dem Fellissaft wurde dorthin geschleppt, während die Leute mit den Essenskörben Brot an die Menschen verteilten, die um die Feuer saßen. Drei Frauen füllten das Gemüse und die Fleischreste in die Kessel. Das Schweigen, das über der Szene lastete, war für mich das allerschlimmste.

Ich hastete zum Lazarett und wurde am Eingang von einem hochgewachsenen unrasierten Heiler empfangen. »Fellis, Kräuter – und was haben Sie mitgebracht?« fragte er eifrig.

»Tussilago. Lady Nerilka hat ihn letzte Nacht frisch hergestellt.«

Er schnitt eine Grimasse, als er mir den Glasbehälter abnahm. »Erfreulich zu wissen, daß nicht alle in der Burg die Anordnungen des Barons gutheißen.«

»Dieser feige Heuchler!« stieß ich hervor.

Der Heiler zog strafend die Augenbrauen hoch. »Junge Frau, es ziemt sich nicht, so von Ihrem Burgherrn zu sprechen, selbst wenn er Ihren Unwillen herausgefordert hat.«

»Er ist nicht mein Burgherr«, erklärte ich und begegnete gelassen seinem strafenden Blick. »Ich bin hergekommen, um Ihnen meine Hilfe anzubieten. Ich kenne die meisten Heilpflanzen und verstehe mich darauf, Arzneien herzustellen. Ich ... habe Lady Nerilka in der Kräuterküche geholfen. Sie und ihre verstorbene Mutter, Lady Pendra, brachten mir alles Notwendige bei. Ich bin auch in Krankenpflege ausgebildet, und ich habe keine Angst mehr vor dieser Seuche. Alle, die mir nahestanden, sind tot.«

Er legte mir tröstend die Hand auf die Schulter. Niemand hätte sich eine solche Geste gegenüber Lady Nerilka erlaubt, aber ich empfand sie nicht als störend. Im Gegenteil, sie vermittelte mir menschliche Wärme.

»Dieses Schicksal teilen Sie mit vielen.« Er schaute mich fragend an, und ich nannte meinen Namen. »Also gut, Rill, ich bin froh um Freiwillige. Meine beste Pflegerin hat sich nun ebenfalls angesteckt ...« Er deutete auf eine Gestalt, die weiß und reglos auf einer Matte aus geflochtenen Zweigen lag. »Wir können im Grunde nicht viel tun. Nur die Symptome lindern«, – er strich mit einer Geste der Erleichterung über den Glasbehälter mit dem Tussilago –, »und hoffen, daß es nicht zu Sekundärinfektionen kommt. Sie führen zum Tod, nicht die Seuche selbst.«

»Es wird bald genug Impfstoff für alle geben«, sagte ich, um ihn aufzumuntern, denn ich spürte, wie sehr ihn seine Hilflosigkeit angesichts der Krankheit verbitterte.

»Wo haben Sie das gehört, Rill?« Er senkte die Stimme und umklammerte hart meinen Arm.

»Das ist allgemein bekannt. Gestern wurde die Familie des Burgherrn geimpft. In der Heiler-Halle stellen sie bereits neues Serum her. Das Lager liegt nicht weit entfernt ...«

Der Mann zuckte nur verbittert mit den Schultern. »Es liegt nicht weit entfernt, aber es steht sicher nicht an der Spitze der Dringlichkeitsliste.«

Die Frau auf der Matte begann sich im Fieber hin und her zu werfen, und ihre Decke glitt zu Boden. Ich trat rasch an ihr Lager. Und so begann mein erster Zwanzigstundentag als Pflegerin. Wir waren zu dritt – neben dem Heilergesellen Macabir –, um die insgesamt sechzig Schwerkranken des primitiven Lazaretts zu versorgen. Ich erfuhr nie, wie viele Menschen sich insgesamt im Lager befanden, denn die Bewohner wechselten ständig. Manche waren zu Fuß oder auf Rennern hierhergekommen, in der Hoffnung, von Burg Fort oder der Heiler-Halle Hilfe zu erhalten, und sie zogen wieder davon, als sie merkten, daß man ihnen keinen Beistand geben wollte oder konnte. Ich fragte mich oft, wie viele Menschen die Quarantänevorschriften tatsächlich befolgt hatten. Aber hier im Westen blieben mehr Menschen am Leben als im Ostteil des Kontinents. Und im Herrschaftsbereich von Fort gab es längst nicht so hohe Verluste wie auf Ruatha. Wir erfuhren, daß Meister Capiams energisches und frühes Eingreifen in Süd-Boll eine Katastrophe verhindert hatte. Und es gab nicht wenige, die sich zuraunten, im Grunde habe Ratoshigan das Schicksal verdient, das Ruatha und den jungen Baron Alessan getroffen hatte.

Alessan war durchgekommen, wie ich hörte. Aber er und seine jüngste Schwester waren die einzigen Überlebenden des Ruatha-Geschlechts. Seine Verluste mußten also weit mehr schmerzen als meine. Ob er daraus den gleichen Gewinn ziehen konnte wie ich?

Mich quälte die Sorge um die Kranken, ich rackerte Tag und Nacht, war übermüdet und schlecht ernährt – aber ich hatte mich noch nie im Leben so glücklich gefühlt. Glücklich? Ein merkwürdiges Wort im Zusammenhang mit meiner Tätigkeit im Lager, denn an diesem und dem nächsten Tag verloren wir zwölf der sechzig Kranken im Lazarett, und für sie kamen fünfzehn neue. Aber ich konnte mich zum ersten Mal in meinem Leben nützlich machen, ich wurde gebraucht, und ich spürte den stummen Dank jener, die ich pflegte. Natürlich hatte ich meine Anfangsschwierigkeiten. Als Tochter aus gutem Haus war ich nie mit Dingen wie Blut, Schweiß und menschlichen Ausscheidungen in Berührung gekommen. Nun mußte ich Männer wie Frauen waschen und versorgen. Ich unterdrückte meinen anfänglichen Ekel, schnitt mein Haar noch kürzer, krempelte die Ärmel auf und arbeitete weiter. Wenn das mit zu meiner Aufgabe gehörte, dann gab es für mich kein Kneifen.

Außerdem wußte ich, daß ich geimpft war und die Seuche, die ich bekämpfte, selbst nicht bekommen konnte. Manchmal wurde ich richtig verlegen, wenn Macabir meinen Mut lobte. Und dann betrat ein Heiler unser Lager. Er brachte so viel Serum mit, daß wir alle Anwesenden impfen konnten, und verkündete die Auflösung des Lazaretts. Die Kranken sollten zur Harfner-Halle transportiert werden, wo man die Lehrlingsquartiere freigemacht hatte, um sie unterzubringen. Alle übrigen erhielten eine Nacht das Gastrecht in der Halle und durften dann ihren Heimweg antreten. Man bat sie allerdings, Medikamente und Impfstoff zu den entlegenen Höfen mitzunehmen.

Ich meldete mich freiwillig für diese Aufgabe, obwohl Macabir mich noch einmal bat, in der Heiler-Halle eine richtige Ausbildung mitzumachen. »Sie besitzen ein Naturtalent für den Heilerberuf, Rill.«

»Ich bin viel zu alt, um irgendwo als Lehrling anzufangen, Macabir.«

»Was heißt alt, wenn jemand mit Kranken so gut umgehen kann wie Sie? Ein Planetenumlauf, und Sie besitzen das nötige Grundwissen. Drei, und jeder Heiler nimmt Sie mit offenen Armen als Assistentin auf.«

»Ich möchte im Moment meine Freiheit genießen und etwas mehr von diesem Kontinent sehen als Burg Fort und ihre nähere Umgebung.«

Macabor seufzte und strich sich über die zerfurchte Stirn. »Ich hoffe, Sie erinnern sich an meinen Vorschlag, wenn Sie einmal Heimweh bekommen.«

KAPITEL VII

19. 3. 43 – 20. 3. 43

Ich brach am frühen Abend auf, ausgerüstet mit einer primitiven Karte, die mir den Weg zu drei Gehöften weit im Norden wies, ganz in der Nähe der Ruatha-Grenze. Dort benötigte man dringend Serum und andere Medikamente. Macabir wollte mich überreden, bis zum nächsten Morgen zu warten, aber ich entgegnete, daß wir Vollmond hatten und die Straßen kaum durch unwegsames Gelände führten. Ich hatte Angst, die Heiler-Halle zu betreten. Es konnte sein, daß Desdra oder sonst jemand in der verwahrlosten und erschöpften Pflegerin Lady Nerilka von Fort erkannten.

Ich ritt an Burg Fort vorbei, ohne auch nur einen Blick zu den Fenstern meines Vaters zu werfen, passierte die Hütten und Stallungen und fragte mich, ob von all den Menschen, mit denen ich bis vor zwei Tagen mein Leben verbracht hatte, auch nur einer nach mir Ausschau hielt. Wem außer Anella und meinen Schwestern mochte aufgefallen sein, daß ich mich nicht mehr auf Burg Fort befand?

Das Dumme war, daß ich meine Erschöpfung unterschätzt hatte, und so nickte ich im Sattel immer wieder ein. Zum Glück war der Renner ein braves Tier, das einfach die Straße entlangtrabte, solange es keine anderen Anweisungen erhielt. Gegen Mitternacht erreichte ich das erste Gehöft. Ich konnte gerade noch die Mitglieder des Haushalts impfen, ehe ich zusammenklappte. Sie ließen mich ausschlafen und brachten mir bei Tagesanbruch ein kräftiges Frühstück. Als ich der Hausherrin Vorwürfe machte, weil sie mich nicht geweckt hatte, entgegnete sie ruhig, sie habe die beiden anderen Gehöfte von meiner baldigen Ankunft verständigt. Das Wissen, daß man sie nicht vergessen habe, sei bereits eine wertvolle Hilfe für die Leute.

Also ritt ich weiter und gelangte am späten Vormittag an mein nächstes Ziel. Die Bewohner sahen meine Erschöpfung und bestanden darauf, daß ich mit ihnen aß. Sie wußten, daß es in der Hügelburg, dem letzten Ort, den ich aufsuchen sollte, keine Seuchenfälle gab, und so befragten sie mich nach den Ereignissen in den großen Burgen und Weyrn. Bis zu meiner Ankunft hatten sie nur hin und wieder eine Trommelbotschaft von der Hügelburg erhalten, die sich im Grenzgebiet von Ruatha befand.

Ich gestand mir endlich ein, daß ich auf dem Wege nach Ruatha war. Unterbewußt hatte es mich seit vielen Planetenumläufen dorthin gezogen, aber meine Pläne waren immer wieder gescheitert. Nun konnte ich Ruatha und seinen Bewohnern vielleicht meine Hilfe anbieten. Die Gerüchte über die hohen Verluste auf Alessans Stammburg waren erschreckend, aber ich hatte irgendwie das Gefühl, daß ich ein Opfer bringen mußte, weil ich eine gewisse Mitschuld am viel zu frühen Tod meiner Mutter und meiner Schwestern trug. Sicher gab es auf dem leidgeprüften Ruatha genug Arbeit für mich, überlegte ich, während ich dahinritt. Ich verstand mich auf die Krankenpflege und sämtliche Haushaltsangelegenheiten einer großen Burg.

Mir dämmerte auch, daß die Seuche ohne Rücksicht auf Rang und Namen zugeschlagen hatte, ohne Ansehen des Alters oder der Wichtigkeit einer Person. Gewiß, die Kinder und die Alten waren anfälliger gegen jede Krankheit, aber die Epidemie hatte so viele Menschen aus der Blüte ihres Lebens und ihrer Schaffenskraft gerissen. Ihre Werke blieben jetzt unvollendet, und irgendwie wollte ich meinen Beitrag leisten, damit sie nicht in Vergessenheit gerieten. Oder machte ich mir da selbst etwas vor?

Als ich nachmittags die Hügelburg erreichte, wurde ich bereits sehnlichst erwartet. Ein Sohn des Burgherrn hatte sich eine lange klaffende Wunde zugezogen, und die Leute baten mich, sie zu nähen, obwohl ich einwandte, daß ich nur eine Botin der Heiler-Halle sei. Trelbin, der Burg-Heiler, hatte sich nach Fort begeben, als die Trommeln Ruathas die schlimme Nachricht von der Seuche verkündeten. Da mir weder auf Fort noch in der Heiler-Halle ein Mann dieses Namens begegnet war, vermuteten sie, daß auch er den Tod gefunden hatte. Lady Gana konnte zwar kleinere Schnittwunden selbst versorgen, aber die Behandlung dieses tiefen Risses traute sie sich nicht zu. Nun, ich hatte mehr als einmal bei chirurgischen Eingriffen assistiert, und ich wußte zumindest in der Theorie, was zu tun war.

Die Praxis bereitete mir mehr Probleme. Einen Saum zu nähen ist wesentlich einfacher als lebendiges Gewebe, das unter den Händen der Helfer zuckte und zitterte. Zum Glück hatte ich Fellis-Saft und Betäubungssalbe in meinen Vorräten, und der Junge spürte wenig von der Operation. Ich hoffte nur, daß die Stiche halten würden. Lady Gana zumindest zeigte sich beeindruckt, als ich fertig war.

Später erklärte ich, was es mit dem Serum auf sich hatte, und ich impfte alle Burg-Angehörigen mit Ausnahme der Berghirten, die nur selten in die bewohnten Gebiete herunterkamen. Lady Gana ließ sich nicht davon abbringen, daß die Seuche eventuell durch den Wind übertragen wurde, und deshalb mußte ich ihr in allen Einzelheiten beschreiben, mit welchen Mitteln man die Krankheitssymptome bekämpfte. Ich weiß, daß sie mir nicht glaubte, als ich ihr klarzumachen versuchte, daß nicht die Epidemie selbst zum Tod führte, sondern Sekundärinfektionen, die den bereits geschwächten Patienten befielen. Schon aus diesem Grunde konnte ich nicht offen eingestehen, daß ich keine ausgebildete Heilerin war. Es hätte den Erfolg meiner Mission hier nur gefährdet.

Ein Sohn und eine Tochter von Bestrum und Gana hatten das Fest von Ruatha in Begleitung einiger Diener besucht. Seitdem fehlte jede Nachricht von ihnen, wie Lady Gana mir bedrückt erzählte. Allem Anschein nach hofften sie, daß ich nach Ruatha weiterreiten und mich nach dem Verbleib ihrer Kinder erkundigen werde.

Bestrum zeichnete gerade umständlich eine Wegekarte für mich, als draußen ein freudiges Geschrei ertönte. Wir beugten uns aus den Fenstern und entdeckten einen schwerbeladenen blauen Drachen, der soeben im Hof landete. Alle rannten ins Freie, um den Reiter zu begrüßen.

»Ich bin M'barak, Ariths Reiter aus dem Fort-Weyr«, stellte sich der junge Mann vor und deutete mit einem Grinsen auf die Fracht, die sein Drache trug. »Wir benötigen dringend Glasbehälter wie diese. Könnt ihr einige davon aus euren Vorräten entbehren?«

Obwohl der Reiter noch ein halbes Kind war, empfing man ihn mit großer Ehrerbietung. Bei einem Becher Klah und Lady Ganas ausgezeichnetem Kuchen berichtete der Besucher, daß auch die Renner an der Seuche erkrankten und geimpft werden mußten. Bestrum und Gana erzählten stolz, daß sie eben erst mit dem Serum aus der Heiler-Halle behandelt worden waren. Sie deuteten auf mich, und M'barak musterte mich so verblüfft, daß ich beinahe losgelacht hätte. Sicher hatte er angenommen, daß ich hier auf der Burg lebte. Ich trug keine Heilertracht, nur einen Umhang, den mir Macabir gegen die Kälte der Nacht gegeben hatte – und darunter mein grobes Arbeitsgewand. Der Drachenreiter wußte das ebenso wie ich; nur die Leute in dieser abgelegenen Burg an der Grenze hatten keine rechte Vorstellung vom Auftreten eines richtigen Heilers.

»Hatten Sie vor, zur Heiler-Halle zurückzukehren?« erkundigte sich M'barak. »Ich frage das aus einem ganz bestimmten Grund. Falls Sie nämlich mit Rennern umgehen könnten, wären Sie von unschätzbarem Wert für Ruatha. Ich könnte Sie mitnehmen«, – er blinzelte mir lachend zu –, »und Ihnen so einen langen mühsamen Ritt ersparen. Notfalls gibt Tuero in der Halle per Trommelbotschaft Bescheid über Ihren Aufenthalt. Auf Ruatha fehlen Menschen – Menschen, die geimpft sind und sich nicht vor der Seuche fürchten. Sie fürchten sich doch nicht, oder?«

Ich schüttelte stumm den Kopf, ein wenig verwirrt darüber, daß mein Herz wie rasend zu klopfen begann, als er die unerwartete Einladung aussprach. Zu Surianas Lebzeiten war Ruatha das Ziel meiner Sehnsüchte gewesen, der Inbegriff von Glück und Freiheit. Nun hatte ich mich von meiner Familie losgesagt und konnte aus freiem Willen nach Ruatha gehen. Der Drachenreiter hatte mich sogar darum gebeten. Gewiß, es würde ein Ruatha sein, das nichts mehr mit Surianas Schilderungen gemein hatte. Aber ich konnte meinem Leben dort einen Sinn geben – als Rill, nicht als Lady Nerilka. Und war es nicht mein erklärtes Ziel gewesen, meinem Leben einen Sinn zu geben?

»Falls Sie Leute brauchen, die etwas von Rennern verstehen – ich habe da zwei Knechte, die am Herd hokken und Holzlöffel schnitzen, weil die Frühjahrsarbeit noch nicht richtig angefangen hat«, warf Bestrum ein. »Da Rill sie heute morgen geimpft hat, droht ihnen auf Ruatha keinerlei Gefahr.«

M'barak nahm das großzügige Angebot sofort an. Während die Männer – zwei untersetzte, schweigsame

Brüder, die sich zum Verwechseln ähnlich sahen – ihre Habseligkeiten zusammensuchten, brachte mir Gana einen warmen Umhang gegen die schneidende Kälte des *Dazwischen.* Sie richtete Proviant für drei Personen her und schleppte drei große Glasbehälter an, die M'barak und ich so an Arliths Flanken befestigten, daß sie nicht aneinanderschlagen konnten.

Ich hatte mich noch nie so lange in unmittelbarer Nähe eines Drachen aufgehalten. Drachen besitzen eine warme, sehr glatte weiche Haut, die einen würzigen Geruch verströmt. Arith brummte vor sich hin, aber M'barak versicherte, daß er keineswegs verärgert über die ungewöhnliche Fracht war. Wir umhüllten die großen Flaschen mit Stroh. Fort besaß jede Menge dieser Glasbläsererzeugnisse, aber ich hatte keine Ahnung, wo Mutter sie aufbewahrte.

Ich sah noch einmal nach der Wunde des Jungen. Sie war unverändert, und der Kleine, der noch unter der Wirkung des Fellis-Saftes stand, schlief mit einem Lächeln auf den Zügen. Dann nahm ich Abschied von Bestrum und Gana. Obwohl ich sie erst seit wenigen Stunden kannte, gaben sie mir ihren Segen und ihre guten Wünsche mit auf den Weg. Ich versprach ihnen, nach den Vermißten zu forschen und ihnen so bald wie möglich Nachricht zu geben. Die beiden wußten, daß kaum noch Hoffnung bestand, aber das Angebot schien sie zu trösten.

Bestrum half ein wenig nach, als ich mich auf den Rücken des großen Drachen schwang. Ich plumpste rittlings hinter M'barak auf meinen Platz und hoffte nur, daß ich Arith mit meiner Ungeschicklichkeit nicht weh tat. Die beiden Brüder stiegen gelassener auf, und es war beruhigend zu wissen, daß noch zwei Leute hinter mir saßen, die mich auffangen konnten, wenn ich ins Rutschen geriet.

Arith lief ein paar Meter über den Hof, ehe er sich abstieß und an Höhe gewann. Seine transparenten, zerbrechlich wirkenden Schwingen schlugen kräftig auf und nieder. Es war ein begeisterndes Erlebnis für mich, und ich begann die Drachenreiter zu beneiden, als Arith in die dünne kalte Luft der höheren Regionen stieg. Jetzt war ich froh um den Umhang und die warmen Körper, die sich an mich preßten.

M'barak spürte wohl, was in mir vorging, denn er drehte sich um und grinste mir zu: »Festhalten, Rill, wir gehen ins *Dazwischen*!« schrie er. Zumindest glaube ich, daß dies seine Worte waren, denn der Wind riß sie davon.

War das Fliegen auf dem Rücken eines Drachen der Gipfel an Begeisterung, so bedeutete der Wechsel ins *Dazwischen* schieres Entsetzen. Schwärze, Nichts, eine schneidende Kälte, die meine Arme und Beine erstarren ließ ... Nur das Wissen, daß Reiter und Drachen diese Erfahrung täglich machten, ohne Schaden zu erleiden, hielt mich davon ab, einen lauten Angstschrei auszustoßen. Eben als ich glaubte, ersticken zu müssen, umgab uns wieder Sonnenlicht, und Arith segelte mit dem untrüglichen Instinkt des Drachen auf sein Ziel zu. Bei dem Anblick, der sich mir bot, verblaßte der flüchtige Eindruck des *Dazwischen*.

Ich war noch nie auf Ruatha gewesen, aber Suriana hatte mir zahllose Zeichnungen von der Burganlage geschickt und begeistert von ihren Vorzügen erzählt. Da der Bau in die Felsenklippen gemeißelt war, ließ sich eigentlich kaum etwas verändern. Dennoch hatte die Burg nicht die geringste Ähnlichkeit mit Surianas Skizzen. Sie hatte mir das milde Klima geschildert, die Gastfreundschaft, Wärme und Liebenswürdigkeit der Bewohner, die sich so sehr von der steifen, kalten Formalität auf Fort unterschied. Sie hatte von den Menschen berichtet, die in der Burg ein- und ausgingen. Sie hatte mir die Wiesen beschrieben, den Rennplatz, die fruchtbaren Felder am Fluß. Es war gut, daß ihr der Anblick erspart geblieben war, der sich mir nun bot: die Grabhügel, der Ring aus geschwärzter Erde, wo man die Toten verbrannt hatte, die Reisewagen und Koffer, die immer noch verloren die Straße säumten, die verlassenen Verkaufsbuden des Festplatzes.

Ich war wie betäubt und nahm nur am Rande wahr, daß auch die beiden schweigsamen Brüder das Schauspiel fassungslos betrachteten. Zum Glück war M'barak ein taktvoller junger Mann. Er sagte nichts, während Arith über die trostlose Burg hinwegglitt. Ein schwacher Hoffnungsschimmer keimte in mir auf, als ich im Hof eine kleine Menschengruppe in der Nachmittagssonne sitzen sah.

»Sieh mal, noch ein Drache, Bruder!« rief der Mann, der hinter mir saß.

Ich hob den Kopf und entdeckte einen großen Bronzedrachen, der gerade seine Passagiere neben dem großen Tor zu den Stallungen absetzte. Er schwang sich in die Lüfte, als Arith über die gepflügten Felder hereinglitt. Die Sonne glitzerte auf seiner Haut und den Flügeln, und dann war er plötzlich verschwunden. Arith landete an der gleichen Stelle, die der Bronzedrache eben verlassen hatte.

»Moreta!« rief M'barak und fuchtelte aufgeregt mit den Armen. Die hochgewachsene Frau mit dem kurzen lockigen Blondhaar drehte sich um. Ich sah sie verblüfft an. Auf Ruatha hatte ich die Weyrherrin von Fort zu allerletzt erwartet.

Ich werde mich stets daran erinnern, daß ich Gelegenheit hatte, Moreta in diesem besonderen Augenblick ihres Lebens wiederzusehen. Sonnenlicht hüllte sie ein, und ihr Gesicht strahlte von einer inneren Heiterkeit, deren Ursache ich erst sehr viel später verstand. Sie war natürlich schon auf Burg Fort gewesen, seit sie Leris Aufgaben als Weyrherrin übernommen hatte. Aber die Besuche erfolgten selten – meist zu offiziellen Anlässen –, und ich hatte noch nie ein Wort mit ihr gewechselt. Mir war sie immer schüchtern oder zurückhaltend erschienen, aber vielleicht hatte Vater mit seinem pompösen Geschwätz sie auch nicht zu Wort kommen lassen.

M'barak riß mich aus meinen Erinnerungen. »Kann mir jemand diese albernen Gläser abnehmen? Und ich habe ein paar Leute mitgebracht, die mit Rennern umzugehen wissen. Schnell, ich muß zurück und mich für den Sporenkampf vorbereiten! F'neldril zieht mir die Haut bei lebendigem Leib ab, wenn ich zu spät komme.«

Zwei Männer und ein schlankes dunkelhaariges Mädchen traten aus den Schatten. Alessan erkannte ich sofort. Das Mädchen an seiner Seite war vermutlich seine Schwester Oklina – die einzige Überlebende seiner Familie. Der andere Mann trug Harfnerblau. Die beiden Brüder stiegen rasch ab, während M'barak und ich vorsichtig die großen Flaschen lösten und den Wartenden hinunterreichten. Keine davon war beschädigt.

»Wenn Sie absteigen, kann ich Moreta zurückfliegen«, meinte M'barak und grinste entschuldigend, weil er so zur Eile trieb.

Also tauschte ich Platz mit Moreta. Ich hätte sie gern näher kennengelernt, denn sie machte sofort einen sehr sympathischen Eindruck auf mich. Hier wirkte sie auch längst nicht so abweisend wie auf Burg Fort. Während Arith Anlauf nahm und abhob, drehte sich die Weyrherrin noch einmal um und schaute zurück.

Ich folgte ihrem Blick. Alessan hatte eine Hand über die Augen gelegt und sah dem Drachen nach, bis er im

Dazwischen verschwand. Dann wandte er sich mit einem Lächeln den beiden Brüdern und mir zu. »Ihr seid gekommen, um uns bei der Versorgung der Renner zu helfen? Hat M'barak auch deutlich gemacht, was euch hier erwartet?«

Seine Stimme klang ein wenig bitter, aber ich begriff bald, daß er sich mit der harten Realität abgefunden hatte. Von Suriana wußte ich, daß er einen ausgesprochenen Galgenhumor besaß, und das bestätigte sich nun. Was hätte meine Ziehschwester wohl zu unserer Begegnung unter diesen Umständen gesagt?

»Bestrum schickt uns, Baron Alessan«, begann der ältere der beiden Brüder. »Er bittet uns, sein aufrichtiges Beileid zu übermitteln. Ich heiße Pol – und das hier ist mein Bruder Sal. Wir mögen Renner – jawohl, das tun wir.«

Alessan wandte sich mir zu und musterte mich. Als ich seine hellgrünen Augen sah, fiel mir alles ein, was Suriana über ihn geschrieben hatte. Doch die Skizzen, die sie von ihm geschickt hatte, entsprachen nicht der Realität. Alessan war nicht mehr der unbekümmerte junge Mann, den sie gezeichnet hatte. Um seine Augen und seinen Mund lag ein Zug von Härte und eine unauslöschliche Trauer – trotz des Lächelns, mit dem er mich begrüßte. Es war eine Trauer, die verblassen, aber nie ganz vergehen würde. Der Baron war hager und vom Fieber gezeichnet; seine Schulterknochen standen eckig vor, und seine Hände hatten mehr Schwielen und Risse als die eines Ackerknechts.

»Ich bin Rill«, sagte ich, um unangenehmen Fragen zuvorzukommen. »Ich besitze Erfahrung im Umgang mit Rennern. Außerdem verstehe ich etwas vom Heilen und kann Arzneien herstellen. Ich habe einige Vorräte aus der Heiler-Halle mitgebracht.«

»Auch etwas gegen diese schlimmen Hustenanfälle?«

warf das Mädchen mit glänzenden Augen ein. Auch sie machte einen sehr glücklichen Eindruck. Ich konnte mir nicht vorstellen, daß das etwas mit den Arzneien zu tun hatte. Erst sehr viel später erfuhr ich, wie sie und die anderen die Zeit vor unserer Ankunft verbracht hatten.

»Gewiß«, entgegnete ich und deutete auf die Flaschen mit dem Tussilago, die ich in meinen Satteltaschen verstaut hatte.

»Bestrum möchte wissen, ob sein Sohn und seine Tochter überlebt haben«, platzte Pol heraus und trat verlegen von einem Fuß auf den anderen. Sein Bruder vermied es, Baron Alessan anzusehen.

»Ich werde in den Listen nachsehen«, erwiderte der Harfner leise, aber wir alle hatten bemerkt, wie ein Schatten über die Züge des Burgherrn huschte. »Ich bin Tuero«, fuhr der Harfner fort und lächelte uns der Reihe nach an. »Alessan, was steht als nächstes auf der Tagesordnung?«

Mit diesen Worten lenkte Tuero unsere Gedanken geschickt auf die Zukunft, weg von der sorgenschweren Vergangenheit. Und kurz darauf konnten wir weder an die Vergangenheit noch an die Zukunft denken. Die Gegenwart nahm uns voll in Anspruch.

Alessan erklärte in groben Zügen, welche Arbeit uns erwartete, Zuerst galt es, die wenigen Kranken, die sich noch im Lazarett des großen Saals befanden, in den zweiten Stock der Burg umzusiedeln. Als nächstes mußte der Saal gründlich mit Rotwurzlösung geschrubbt werden. Der Burgherr sah mich kurz an, dann schweifte sein Blick zu Pol und Sal.

»Wir brauchen eine Menge Serum, um alle Renner zu impfen.« Er trat ans Fenster und deutete auf die Weiden. »Deshalb werden wir allen Tieren, die diese Seuche überlebt haben, Blut abzapfen.«

Pol nickte und erstarrte mitten in der Bewegung. Er sah seinen Bruder Sal entsetzt an. Und ich muß gestehen, daß auch ich beim Anblick der Tiere wie betäubt war. Viele waren schmal, hochbeinig, mit leichten Knochen und langen dünnen Hälsen. Sie hatten kaum Ähnlichkeit mit den robusten, muskulösen Arbeitstieren, die einst der Stolz von Ruatha gewesen waren. Manche konnte man nur als Klepper bezeichnen.

Alessan bemerkte unsere Bestürzung. »Fast alle Renner aus der Zucht meines Vaters starben an der Seuche.« Sein Tonfall war sachlich, und ich machte mir meinen Reim darauf. »Aber ich hatte einige Tiere für Kurzstrecken-Rennen gezüchtet, und sie erwiesen sich als besonders zäh. Sie überlebten die Katastrophe ebenso wie einige der Kreuzungen, die unsere Gäste zu den Rennen mitgebracht hatten.«

»Jammerschade, einfach jammerschade!« murmelte Pol und schüttelte den ergrauten Kopf. Sein Bruder imitierte die Geste.

»Oh, wir werden wieder starke, prächtige Renner haben!« entgegnete Alessan. »Kennt ihr Dag, der sich um meine Zuchtställe kümmert?« Die Mienen der Brüder hellten sich auf, und sie nickten. »Er brachte einige trächtige Stuten und einen jungen Hengst auf die Bergweiden. Sie blieben von der Seuche verschont, und so besitzen wir einen Grundstock für unsere künftigen Zuchtherden.«

»Eine gute Nachricht, Baron, eine gute Nachricht.« Sals Worte waren mehr an die Renner als an Alessan gerichtet.

»Aber ...« Alessan zuckte mit den Schultern und sah die beiden Männer entschuldigend an. »Ehe wir Blut für das Serum sammeln, benötigen wir einen vollkommen keimfreien Raum, in dem wir arbeiten können.«

Pol krempelte die Ärmel hoch. »Keine Sorge, Baron,

das geht in Ordnung. Mein Bruder und ich schrubben nicht zum ersten Mal Böden.«

»Wunderbar.« Alessan grinste ihn an. »Wenn wir die Sache nämlich nicht gleich richtig anpacken, läßt uns Desdra von der Heiler-Halle noch einmal von vorn anfangen. Sie kommt morgen vorbei, um das Ergebnis unserer Mühen zu begutachten.«

Als wir den Hof vor dem Burgportal erreichten, sahen wir, daß Tuero, ein Mann namens Deefer, fünf Pfleglinge und vier der genesenen Pächter eine eigenartige Konstruktion aus Wagenrädern errichteten.

»Das sind Zentrifugen, mit denen wir das kostbare Serum vom Blut trennen«, erklärte Alessan. Die Brüder nickten, als wüßten sie genau, wovon er sprach; auf Sals Zügen zeichnete sich allerdings eine gewisse Verwirrung ab.

Oklina erwartete uns in der Großen Halle. Sie befehligte eine Schar von Mägden, die Eimer mit heißem Wasser, Scheuerlappen und Schrubber schleppten. Auch Behälter mit Rotwurzlösung standen bereit. Wir rollten alle die Ärmel hoch. Mir fiel auf, daß Alessans Hände bis zu den Ellbogen rötlich verfärbt waren. Dann machten wir uns an die Arbeit.

Wir schrubbten, bis wir Leuchtkörbe brauchten, aßen zwischendurch eine Kleinigkeit, die nach Rotwurz schmeckte, und schrubbten immer noch, als die ersten Leuchtkörbe aufflackerten und ausgingen.

Alessan rüttelte mich an der Schulter. Ich merkte, daß ich mechanisch den Boden wischte. Die anderen hatten zu arbeiten aufgehört. »Du schrubbst ja im Schlaf, Rill«, meinte er mit einem schwachen Lächeln, und ich stand verlegen auf.

Ich hatte kaum noch die Kraft, Oklina zu dem kleinen Raum im ersten Stock zu folgen, den sie mir zugewiesen hatte. Ich weiß noch, daß ich ihr Gute Nacht wünschte, als ich die Tür schloß. Und ich weiß, daß ich überlegte, was ich zu Desdra sagen sollte, wenn sie morgen hier auftauchte. Ich hatte Angst, daß sie mich als Baron To-locamps rebellische Tochter bloßstellte. Aber kaum war ich aufs Bett gesunken, da schlief ich wie eine Tote.

KAPITEL VIII

21. 3. 43 – 22. 3. 43

Ich war am nächsten Morgen etwas verwirrt, wie die meisten Menschen, die an einem fremden Ort erwachen, und brauchte eine Weile, bis ich erkannte, daß ich mich nicht in meinem Zimmer auf Burg Fort befand. Es war die Stille, eine beinahe greifbare Stille, die mich mehr beunruhigte als die leicht veränderte Umgebung. Dann dämmerte mir, worin der Unterschied bestand: Ich hörte keine Trommeln. Ich stand auf, zog mich an und begann meinen ersten vollen Arbeitstag auf Ruatha.

Als ich gerade Klah und eine Schale heißen Brei frühstückte, traf Desdra mit M'barak ein. Wir liefen ins Freie, denn Arith war wieder schwer mit Glasgefäßen beladen – großen Zierflaschen, aber auch mit kleineren Haushaltsgläsern für das kostbare Serum.

Ich fand keine Möglichkeit, ein paar Worte mit Desdra zu wechseln, denn Alessan winkte mich und die beiden Brüder zu sich, und wir begaben uns zu den Rennern, um den nächsten Schritt der Serumherstellung in die Wege zu leiten.

Entweder waren die Tiere noch apathisch von der eben überstandenen Krankheit, oder man hatte sie gut abgerichtet; jedenfalls konnten wir immer zwei zugleich von der Weide in die Stallungen führen. Nach kurzer Zeit waren alle Boxen besetzt, und Alessan zeigte uns, wie man von der Halsschlagader der Tiere Blut abnahm. Die Renner ließen sich die Behandlung gutmütig gefallen. Ich tat mich mit Sal zusammen, und als ich merkte, daß es ihm schwerfiel, den Nadeldorn einzustechen, übernahm ich diese Arbeit und bat ihn, die Köpfe der Tiere während der Blutabnahme festzuhalten.

Es war Mittag, als wir uns alle vierundzwanzig Renner vorgenommen hatten. Wir brachten die Ausbeute des Vormittags in den Großen Saal und sahen zu, wie die Glasbehälter mit dem Blut auf den Wagenrad-Konstruktionen befestigt wurden. Ich war sicher nicht die einzige, die beim Anblick dieser provisorischen Zentrifugen Skepsis empfand. Aber Desdra strahlte eine solche Zuversicht und Ruhe aus, daß niemand ihre Anordnungen in Frage stellte. Sobald sie sich vergewissert hatte, daß die Gefäße nicht verrutschen konnten, winkte sie den Männern an den Handkurbeln zu, und die Zentrifugen begannen sich gleichmäßig zu drehen. Mir kam flüchtig in den Sinn, wie der Große Saal aussehen würde, wenn sich auch nur ein Behälter von der Vorrichtung löste. Doch die anderen Zuschauer wirkten so voller Hoffnung, daß ich den Gedanken rasch verdrängte.

Oklina kam und verteilte Suppe und warmes Fleisch mit Brot. Wir saßen dichtgedrängt an einem langen Schragentisch, als sich Desdra zu uns gesellte und die Lage erläuterte. Nur eine sofortige Massenimpfung der bedrohten Renner konnte verhindern, daß sich die Seuche erneut ausbreitete. Jeder auf Ruatha mußte seinen Beitrag leisten, damit die Krankheit ein für allemal zum Stillstand gebracht wurde. Es herrschte nachdenkliches Schweigen, als die Heilerin mit ihren Ausführungen fertig war.

Während im Großen Saal die Zentrifugen arbeiteten, um das Serum vom Blut zu trennen, kehrten Pol, Sal und ich zu den Stallungen zurück, um nach den Patienten zu sehen. Dag war gerade dabei, Kleie mit Wein und Kräutern zu vermischen. Der alte Mann behauptete, daß dieses Kraftfutter die Blutbildung seiner Schützlinge unterstützen werde. Wir warteten, bis die Tiere gefressen hatten. Dann striegelten wir ihr Fell und befreiten Mähnen und Schwänze von Kletten und getrockneten Schlammklümpchen.

Obwohl Dags rechtes Bein geschient war, arbeitete er tüchtig mit. Und was er selbst nicht schaffte, erledigte sein Enkel Fergal für ihn, ein vorlauter kleiner Schlingel, der keinerlei Respekt kannte. Er schien die Renner als sein Eigentum zu betrachten, und jeder, der den Stall betrat, bekam sein Mißtrauen zu spüren – auch Alessan, der gekommen war, um sich nach dem Befinden der Tiere zu erkundigen. Die einzige Person, der Fergal bedingungslos gehorchte, war Oklina, während er die Befehle aller anderen mit unverschämten Fragen unterlief. Seinen Großvater Dag betete er an. Ganz offensichtlich hielt er den krummbeinigen Alten für unfehlbar. Und trotz aller Aufmüpfigkeit schien er die Tiere sehr zu lieben. So kümmerte er sich rührend um eine trächtige Stute, die jeden Moment fohlen konnte. Wenn er in ihre Nähe kam, spitzte sie die Ohren und stieß ihn mit der Schnauze an, als suchte sie Trost bei ihm.

»Das erste Serum ist gleich fertig«, verkündete Alessan. »Wollt ihr es sehen?«

Nur Fergal und ich zeigten Interesse. Pol und Sal lümmelten auf den Strohballen, plauderten mit Dag und schüttelten träge die Köpfe.

Was mich am meisten verblüffte, war die strohgelbe Farbe der Flüssigkeit, die sich beim Schleudern von den Blutplättchen getrennt hatte. Als wir zu den Zentrifugen kamen, füllte Desdra das Serum gerade vorsichtig in kleinere Behälter ab. Sie erklärte, daß man bei diesem Vorgang auf keinen Fall den dunklen Bodensatz aufwirbeln durfte. Außerdem sollte man für jedes Glas einen frischen Nadeldorn nehmen, um die Gefahr einer Verschmutzung möglichst gering zu halten. Ich sah ihr eine Weile zu und half ihr dann. Andere folgten meinem Beispiel.

»Heute nachmittag bekommen wir sicher neue Flaschen«, erklärte Tuero. »M'barak versprach, nach dem Sporenkampf verschiedene Burgen und Gehöfte aufzusuchen.« Er hatte uns mit seinen Worten aufmuntern wollen, aber wir stöhnten nur bei dem Gedanken an die zusätzliche Arbeit.

»Wieviel von dem Zeugs da brauchen wir eigentlich?« wollte Fergal wissen. Er warf einen Blick auf die Weide, wo seine geliebten Renner grasten.

»Genug, um die Stuten und Fohlen der Restherden in Keroon, Telgar, Fort, Boll, Igen und Ista zu impfen«, entgegnete Alessan. Ich unterdrückte einen Seufzer, als ich an die Serummengen dachte, die dazu nötig waren.

»Ista züchtet gar keine Renner«, widersprach Fergal streitsüchtig. »Das ist doch eine Insel.«

»Die Seuche gelangte auch nach Ista und befiel Menschen und Tiere«, erklärte Tuero, als Alessan nicht antwortete. »Aber Keeron und Telgar stellen das Serum selbst her. Ruatha muß nicht für alle sorgen.«

»Ruatha tut sein Bestmögliches«, murmelte Alessan, als habe er Tueros Bemerkung nicht gehört. »Das sind wir Pern schuldig. Ich hoffe, daß unser Serum vielen Rennern hilft. Kehren wir an unsere Arbeit zurück!«

Also machten wir weiter. Die Genesenden arbeiteten im Sitzen. Sie spülten Glasflaschen, verstöpselten die Serumbehälter und betteten sie in Korbgeflechte. Die Jüngsten verrichteten Botengänge oder schleppten zu zweit die Serumkisten in die Kühlräume.

Meine Aufgabe blieb es zunächst, den Rennern Blut abzuzapfen. Hin und wieder entrann ich dem durchdringenden Rotwurzgestank, wenn ich meine jeweiligen Patienten – oder Opfer? – zurück auf die Weide führte und die nächsten Tiere einfing. Dag hatte die ›Blutspender‹ mit Farbe markiert, damit wir nicht versehentlich zweimal die gleichen Tiere behandelten. Das wäre bei ihrem geschwächten Zustand lebensgefährlich gewesen. Auf dem Weg zur Weide hatte ich Gelegenheit, mir ein genaueres Bild von dem ›verwüsteten‹ Ruatha zu machen – wie Alessan es nannte. Meiner Ansicht nach ließen sich die meisten Schäden ohne großen Zeit- und Kraftaufwand beheben. Ich begann Pläne zu schmieden und Strategien zu entwerfen, wie man die stattliche Burg wieder auf Hochglanz bringen könnte – bis mir einfiel, daß ich als Pflegerin hierhergekommen war und nicht als die Tochter eines Burgherrn.

Am späten Vormittag erreichten uns die ersten Trommelbotschaften. Wir erfuhren, welche Burgen und Weyr wieviel Serum benötigten und welche Drachenreiter die vorbereiteten Mengen abholen würden. Alessan war der Ansicht, daß man die Zahlen genau aufschreiben müsse, aber er brauchte Tuero, den Harfner, für wichtigere Dinge.

»Dann soll Rill das übernehmen«, meinte Desdra trocken.

»Verstehst du denn die Trommelbotschaften, Rill?« fragte Alessan ein wenig überrascht. Das Ganze kam so unverhofft, daß ich nicht wußte, was ich entgegnen sollte. Ich war nämlich zu der Überzeugung gelangt, daß Desdra in der verschwitzten schmutzigen Rill mit dem kurzgeschorenen Haar nie und nimmer Lady Nerilka von Fort vermuten würde.

»Ich nehme an, daß sie sogar die Geheimcodes kennt – habe ich recht, Rill?« Desdra war mehr als direkt, aber zum Glück erläuterte sie nicht näher, weshalb sie so gut über mich und meine Fähigkeiten Bescheid wußte. »Zwischen den Botschaften kann sie beim Abfüllen des Serums helfen. Es ist gut, wenn sie ein wenig zum Sitzen kommt, denn sie hat ein paar anstrengende Tage hinter sich.«

Ich schloß aus diesen Worten, daß Desdra mit meiner Arbeit hier und im Lazarett zufrieden war und nichts gegen meinen Entschluß einzuwenden hatte. Zu meiner Erleichterung stellte Alessan keine weiteren Fragen, obwohl es ihn sicher wunderte, daß eine einfache Pflegerin den geheimen Harfnercode verstand. Und ich war tatsächlich dankbar für die Möglichkeit, mich eine Weile hinzusetzen. Woher Alessan seine Energie nahm, kann ich nicht sagen. Aber ich begriff nun, warum Suriana ihn bewundert und geliebt hatte. Er verdiente allen Respekt, und ich entdeckte ständig neue Züge an ihm, die mich begeisterten. Eine innere Kraft trieb ihn vorwärts. Irgendwie spürte ich, daß es Alessan gelingen würde, Ruatha wieder aufzubauen, auch wenn im Moment alles dagegen sprach. Er würde dafür sorgen, daß neues Leben in die Hütten und Höfe kam, daß auf den Feldern neue Ernten heranreiften und sich auf den Weiden wieder die Herden tummelten. Und ich hatte den Wunsch, hierzubleiben und ihm dabei zu helfen.

Ich merkte, daß ich unterbewußt die Organisation des Burghaushalts übernahm, so wie ich es auf Fort getan hatte. Ich gab dem Gesinde Anweisungen und zeigte ihnen, daß man so manche Arbeit wirksamer erledigen konnte, wenn man sie nur richtig anpackte.

Oklina wirkte ungemein zart und zerbrechlich, aber sie schuftete nicht weniger hart als ihr Bruder. Mich erschreckte die Fülle ihrer Pflichten, denn auf Fort hatte sich die Last der Arbeit stets auf mehrere Geschwister verteilt. Wann immer ich konnte, unterstützte ich sie. Sie war kein hübsches Mädchen – und Spötter werden behaupten, daß ich mich deshalb zu ihr hingezogen fühlte –, denn die dunklen rassigen Züge, die ihrem Bruder so gut standen, ließen sie etwas herb erscheinen.

Aber sie war außergewöhnlich anmutig, mit einem bezaubernden Lächeln und großen ausdrucksvollen dunklen Augen, die oft gedankenverloren in die Ferne gerichtet waren. Mehr als einmal ertappte ich sie dabei, daß sie nach Nordwesten starrte, und ich überlegte, ob sie vielleicht verliebt war. Sicher konnte sie einen Mann glücklich machen, auch wenn sie noch sehr jung war, und ich hoffte nur, daß Alessan sie nicht an Ruatha zu binden versuchte, wenn ein tüchtiger Baron oder Hofbesitzer um ihre Hand anhielt. Obwohl Ruatha im Moment arm war – das Geschlecht hatte eine ruhmreiche Vergangenheit und einen großen Namen. Und jeder mußte anerkennen, daß Alessan und Oklina sich alle Mühe gaben, das Leid wiedergutzumachen, das durch die Seuche auf Ruatha über ganz Pern gekommen war.

Wir arbeiteten weiter, aßen hastig einen Teller Suppe oder ein Stück Brot mit Fleisch und packten die nächste dringende Aufgabe an. Jemand hatte frisches Obst gebracht – ein Drachenreiter, wenn ich mich nicht täusche. Oklina stiegen Tränen in die Augen, als sie die Melonenscheiben sah. Ich bezweifelte, daß es das Geschenk an sich war, das sie so rührte. Dann bemerkte ich, daß auch Alessan die Früchte mit einem versonnenen Lächeln betrachtete. Doch ehe ich mir einen Reim darauf machen konnte, stand er auf, eine Scheibe Brot in der einen und ein Stück Melone in der anderen Hand, und ging wieder an seine Arbeit. Trommeln dröhnten, und ich mußte auf die Botschaft achten, die Ruatha erreichte.

In der hektischen Betriebsamkeit verlor die Zeit ihre Bedeutung. Am dritten Tag nach meiner Ankunft auf Ruatha befand sich ein Großteil der Helfer gerade bei einem verspäteten und wohlverdienten Abendessen, als Alessan, Desdra und Tuero plötzlich von ihren Karten und Tabellen aufschauten und lautes Freudengeheul anstimmten.

»Wir haben es geschafft, Freunde!« rief Alessan. »Wir besitzen genug Serum, um selbst den einen oder anderen Transportschaden zu verkraften! Das muß gefeiert werden! Oklina, Rill – holt vier Flaschen vom Besten aus meinem privaten Weinkeller!«

Er warf seiner Schwester einen langen zierlichen Schlüssel zu, den sie geschickt auffing. Sie packte mich an der Hand und zog mich lachend an Küche und Kühlraum vorbei zu den tiefer gelegenen Vorratskammern.

»Er muß wirklich erleichtert sein, denn von seiner Lieblingsmarke trennt er sich selten.« Oklina kicherte. »Die trinkt er nur bei ganz besonderen Gelegenheiten.« Plötzlich glitt ein Schatten über ihre Züge. »Ich hoffe, daß es bald wieder dazu kommt«, fügte sie geheimnisvoll hinzu. »Er wird gar keine andere Wahl haben.« Sie blieb stehen. »Da sind wir schon.«

Als sie die niedrige Tür geöffnet hatte, warf ich einen verblüfften Blick auf die Weinschläuche und hohen Flaschenregale. Im schwachen Licht, das vom Korridor hereindrang, glaubte ich das Benden-Etikett zu erkennen. Rasch staubte ich eine der Flaschen ab.

»Es ist *tatsächlich* der Weiße von Benden!« rief ich.

»Du hast schon mal Benden-Wein getrunken?«

»Nein, natürlich nicht.« Tolocamp hätte so einen guten Tropfen niemals an seine Töchter verschwendet. Für uns war der saure Rote von Tillek gerade gut genug. »Aber ich habe davon gehört.« Ich bemühte mich um einen leichteren Tonfall. »Ist er wirklich so gut, wie man immer behauptet?«

»Das kannst du gleich selbst probieren, Rill.«

Sie sperrte die Tür wieder zu und reichte mir zwei der Flaschen.

»Kommst du eigentlich von der Heiler-Halle, Rill?«

Zwischendurch:

Oklina, Alessan und Rill arbeiten fieberhaft an der Produktion des rettenden Serums — nur kurz unterbrechen sie ihre wichtige Aufgabe...

Genauso gebannt von den Ereignissen auf Ruatha, wird auch der Leser seine Lektüre nur kurz zur Seite legen wollen — auch wenn kein hilfreiches Gesinde den Teller reicht. Eine kleine Stärkung für Zwischendurch ist ja im Handumdrehen zubereitet: Man braucht dazu nur 5 Minuten Zeit, kochendes Wasser, einen Löffel und die ...

Zwischendurch:

Die kleine, warme Mahlzeit in der Eßterrine. Nur Deckel auf, Heißwasser drauf, umrühren, kurz ziehen lassen und genießen.

Die 5 Minuten Terrine gibt's in vielen leckeren Sorten – guten Appetit!

»Nein, nein.« Ich brachte es nicht fertig, Oklina anzu-
lügen, obwohl ich befürchtete, in ihrer Achtung zu sin-
ken. »Ich habe mich freiwillig zur Pflege der Kranken
gemeldet, weil ich daheim nicht mehr gebraucht wurde.«

»Oh – ist dein Mann etwa auch an der Seuche gestorben?«

»Ich habe keinen Mann.«

»Nun, Alessan wird dich schon verheiraten. Das heißt
– natürlich nur, wenn du auf Ruatha bleiben willst. Du
hast uns unheimlich geholfen, Rill, und du scheinst eine
Menge von den Wirtschaftsangelegenheiten einer Burg
zu verstehen. Ich meine, wir werden ganz von vorn anfangen müssen. Unsere besten Leute sind tot, und viele
Höfe stehen leer. Alessan will das Land unter den Tüch-
tigsten der Besitzlosen verteilen, aber wir wären froh,
wenn wir ein paar Leute um uns hätten, die wir bereits
kennen und denen wir vertrauen. Ach, Rill, es fällt mir
schwer, um den Brei herumzureden. Alessan hat mich
gebeten, dich ein wenig auszuhorchen, ob – ob es dir
Spaß machen würde, auf Ruatha zu leben. Er hat große
Achtung vor dir. Tuero wird ebenfalls bleiben – obwohl
er sich immer noch mit Alessan um sein Gehalt und die
Zusatzleistungen streitet.«

Wir lachten beide. Wann immer sich Tuero und der
Burgherr begegneten, kamen sie auf dieses Thema zu
sprechen. Tuero war mit anderen Musikanten zum Fest
von Ruatha gekommen, um mit dem Harfner der Burg
zum Tanz aufzuspielen. Er war der einzige Überlebende
seiner Gilde geblieben. Alessan wollte ihn behalten,
und seit Tuero das wußte, stellte er – natürlich im Spaß
– ständig neue Bedingungen.

Als wir zurückkehrten, hatten die Männer die Zentrifugen sowie die großen Glasballons in eine Ecke des
Großen Saals geschafft und dort gestapelt. Alessan und

Tuero räumten den großen Tisch frei, wo wir bis jetzt unsere hastigen Mahlzeiten eingenommen hatten. Dag und Fergal brachten das dampfende Stew aus der Küche, Desdra schleppte Brote und eine große Holzschale mit Obst und Käse an, und Follen holte die Becher und einen Korkenzieher.

Draußen hörten wir die gedämpften Stimmen der Helfer, die während der vergangenen zwei Tage kaum einmal zur Ruhe gekommen waren und sich nun zum erstenmal entspannten.

Wir selbst saßen zu acht am Tisch, eine bunt zusammengewürfelte Gruppe – der ›harte Kern‹ von Alessans Arbeitsmannschaft. Das Wissen, daß wir eine nahezu unmögliche Herausforderung geschafft hatten, machte uns alle zu Freunden. Sogar Fergal schlossen wir ein, obwohl der Bengel einen Becher Benden-Wein mit solcher Entschiedenheit ablehnte, daß Alessan fast gekränkt war. Ich hätte wetten mögen, daß der Junge genau wußte, welche Ehre er da ausschlug. Er gehörte zu denen, die bereits naseweis auf die Welt kommen und denen absolut nichts verborgen bleibt. Mir gefiel Fergal – trotz seiner Frechheit und seiner mißtrauischen Art gegenüber allen Erwachsenen.

Das Abendessen machte mich sehr glücklich. Alessan hatte neben mir Platz genommen, und ich fand seine Nähe höchst beunruhigend. Da wir sehr eng zusammengerückt waren, blieb es nicht aus, daß wir uns gelegentlich berührten, und dann klopfte mein Herz zum Zerspringen. Ich merkte, daß ich etwas zu laut und schrill lachte, wenn Tuero seine Späße machte. Vielleicht war ich überreizt von der Arbeit, oder der hervorragende Benden-Wein vernebelte mir den Kopf.

Dann wandte sich Alessan mir zu und schlang einen Moment lang den Arm um meine Schultern. Meine Haut begann zu kribbeln.

»Nun, wie findest du den Benden-Weißen, Rill?«

»Er macht mich schwindlig«, entgegnete ich rasch. Falls er mein sonderbares Benehmen bemerkt hatte, akzeptierte er den Wein vielleicht als Ausrede.

»Das ist nicht weiter schlimm. Entspann dich! Das haben wir uns redlich verdient.«

»Sie mehr als alle anderen, Alessan.«

Er zuckte mit den Schultern und starrte in seinen Becher. Um uns wogte reges Stimmengewirr und Gelächter. »Ich tue, was getan werden muß«, entgegnete er leise.

»Für Ruatha«, murmelte ich.

Er schaute mich überrascht an, und in seinen eigenartig grünen Augen schimmerte Wärme. »Du scheinst das Wesentliche zu sehen, Rill. War ich in den letzten Tagen ein strenger Zuchtmeister?«

»Ruatha verdient es, daß man sein Letztes gibt.«

»Das hier«, – er deutete auf die Zentrifugen und die leeren Gläser –, »geschah nicht für Ruatha.«

»O doch! Sie haben es selbst gesagt. *Ruatha tut sein Bestmögliches ... das sind wir Pern schuldig!*«

Er wirkte ein wenig verlegen, aber sein Lächeln verriet Wärme, und ich glaube, daß ihm meine Antwort gefiel.

»Ruatha wird die Krise überwinden, davon bin ich überzeugt.« Ich fand es am sichersten, über Ruathas Zukunft zu sprechen.

Über Alessans Züge huschte ein sonderbarer Ausdruck. »Dann hat Oklina mit dir gesprochen? Du überlegst dir meine Bitte?«

»Ich würde gern auf Ruatha bleiben. Die Epidemie hat mein Leben grundlegend verändert.«

Seine warmen kräftigen Finger legten sich auf meine, und er drückte mir mitfühlend die Hand. »Und welche Bedingungen stellst du, Rill, um unseren Kontrakt zu festigen?« Er warf einen amüsierten Blick in Richtung Tuero.

Seine Frage kam so unerwartet, daß ich nicht recht wußte, was ich antworten sollte. Mein einziger Gedanke war, daß sich mein sehnlichster Wunsch erfüllt hatte. So begann ich zu stammeln, und Alessan nahm wieder meine Hand.

»Denk in Ruhe darüber nach, Rill, und sag es mir später. Du wirst sehen, daß ich meine Leute gut behandle.«

»Ich hatte es auch nicht anders erwartet.«

Er lachte über den Nachdruck meiner Worte, und dann besiegelten wir unseren Kontrakt in traditioneller Weise mit einem Glas Wein – auch wenn meine Kehle so zugeschnürt war, daß ich kaum einen Schluck herunterbrachte. Wir aßen etwas Käse und Brot und wandten uns wieder den anderen zu, die in eine lebhafte Diskussion vertieft waren.

»Ich war nicht gerade begeistert von diesem Meister Balfor, Baron Alessan«, murmelte Dag, ohne den Blick von seinem Weinglas zu heben. Er sprach von dem Mann, der sich im Moment um die Herden von Keroon kümmerte.

»Noch ist er nicht in seinem Amt als Herdenmeister bestätigt«, entgegnete Alessan knapp. Ich konnte spüren, daß er zu müde war, um mit dem Alten ein Streitgespräch anzufangen, ganz besonders nicht in Gegenwart von Fergal, der ständig Dinge aufzuschnappen versuchte, die nicht für ihn bestimmt waren.

»Er besitzt als einziger den Meistertitel, aber ihm fehlt die Erfahrung.«

»Er hat bisher alles getan, was Meister Capiam von ihm verlangte«, stellte Tuero nach einem Seitenblick auf Desdra fest.

»Ah, es ist traurig, wie viele tüchtige Männer und Frauen den Tod fanden.« Dag hob sein Glas zu einem

stummen Toast. »Und wie viele Geschlechter ganz aus-
starben! Wenn ich an die Rennen denke, die Squealer
nun ohne jede Konkurrenz bestreiten soll ...« Dag
machte eine Pause und fuhr dann fort: »Runel ist auch
tot, nicht wahr? Wurden alle seine Nachkommen ausgelöscht oder ...?«

»Der älteste Sohn und seine Familie leben ganz in der
Nähe.«

»Gut. Wir werden sein Gedächtnis brauchen. Aber
jetzt muß ich einen Blick auf die braune Stute werfen.
Sie könnte heute nacht fohlen. Komm mit, Fergal!« Dag
nahm die Krücken, die Tuero ihm angefertigt hatte, und
stemmte sich hoch. Einen Moment lang machte Fergal
ein mürrisches Gesicht.

»Ich begleite Sie gern«, erklärte ich und stützte den
Alten ein wenig. »Eine Geburt ist immer ein schönes
Ereignis.« Ich sehnte mich nach der frischen Nachtluft.
Der Benden-Wein hatte meine Gedanken vernebelt.
Außerdem machte mich Alessans Nähe nervös.

Mein Herz war am Überfließen, und wirres Zeug
schoß mir durch den Kopf. Ich wollte Alessan weder
durch übertriebene Dankbarkeit noch durch irgendwelche Treuebekundungen in Verlegenheit bringen, obwohl ich das starke Bedürfnis hatte, ihm eben diese Gefühle mitzuteilen. Durch einen verrückten Zufall war
ein Wunder geschehen: Er hatte mich eingeladen, auf
Ruatha zu *bleiben*. Ich verdrängte Alessans prosaische
Beweggründe: Man brauchte mich, man vertraute mir,
und Ruatha mußte von Grund auf erneuert werden. Ich
wollte nicht über die Argumente nachdenken, die
Oklina erwähnt und Alessan verschwiegen hatte. Mir
reichte es, auf Ruatha leben zu können. Ich würde in
seiner Nähe sein, an dem Ort, der in meinen Tagträu-
men seit langem eine zentrale Rolle spielte. Hier war
Suriana glücklich gewesen. Und nun bekam ich die völ-

lig unerwartete Chance, dafür zu sorgen, daß auf Ruatha das Glück wieder seinen Einzug hielt.

Fergal trat an die andere Seite seines Großvaters. Er duldete es nicht, daß ihm jemand den alten Mann abspenstig machte.

Die Nacht war klar und frisch, und ich spürte den Geruch des Frühlings in der Luft. Wir nickten den Leuten zu, die vor dem offenen Feuer im Hof und im Schatten der Hütten saßen. Ich trug einen Leuchtkorb, der uns den Weg erhellte, obwohl wir inzwischen jeden Stein und jede Stufe der Stallungen kannten. Fergal lief voraus.

»Wenn sie bis Mitternacht nicht gefohlt hat, wird es eine harte Geburt«, meinte Dag. »Dabei brauchen wir so dringend noch einen kleinen Hengst.«

»Wer ist der Vater des Fohlens?«

»Eines der kräftigsten Lasttiere, die der alte Baron Leef züchtete. Wenn wir einen Hengst bekommen, bleibt diese Linie erhalten. Sie gehen nicht fort von hier, Rill, oder?« Dag war es gewohnt, direkte Fragen zu stellen.

Ich schüttelte stumm den Kopf. Die Freude und Erleichterung über die gute Wende in meinem Schicksal waren zu kostbar, als daß ich darüber viele Worte verlieren wollte. Dag nickte kurz und fuhr sich mit den Fingern durch das struppige Haar.

»Wir brauchen jetzt tüchtige Leute. Gibt es da, wo Sie herkommen, noch mehr von Ihrer Sorte?« Er musterte mich von der Seite.

»Nicht daß ich wüßte«, entgegnete ich freundlich, in der Hoffnung, damit seine Neugier zu befriedigen. Wir hatten in den vergangenen zweieinhalb Tagen nicht viel Zeit für persönliche Gespräche gefunden. Nun sah ich, daß ich mir eine einigermaßen plausible Vergangenheit zurechtbasteln mußte.

»Nicht jede Frau kennt sich so gut in Haus und Stall aus. Waren Sie vor der Seuche auf einem größeren Gut?«

»Ja – und es macht mich traurig, an all die zu denken, die ich verloren habe.«

Vielleicht genügte dieser Hinweis, um ihn von weiteren Fragen abzuhalten. Etwas in meinem Innern sperrte sich dagegen, Lügen zu verbreiten. Ich seufzte. Eines Tages würde die Wahrheit sicher ans Licht kommen, aber bis dahin wollte ich auf Ruatha so fest verwurzelt sein, daß man mir sowohl meine Herkunft wie meinen Schwindel verzieh.

Zum Glück hatten wir die Stallungen erreicht. Pol und Sal saßen auf Strohballen vor der Box der Stute und reinigten eines der Ledergeschirre, die sie von den halbzerstörten Wagen des Festplatzes geholt hatten. Pol reichte Fergal eine mit Grünspan überzogene Messing-Brustplatte. Der Junge schaute fragend zu Dag, und als der nickte, schnitt er Pol eine Grimasse. Aber er setzte sich hin und begann das Teil mit einem Tuch zu polieren. Dag und ich nahmen ebenfalls auf den Strohballen Platz und beschäftigten uns mit den Lederriemen.

»Bestrums Zweitältester sucht Ackerland«, sagte Pol in das Schweigen.

»Tatsächlich?« erkundigte sich Dag.

»Kräftiger junger Bursche – und sehr arbeitsam. Will ein Mädchen vom Nachbargut heiraten.«

»Ob Bestrum damit einverstanden ist, wenn er erfährt, daß zwei seiner Kinder hier auf Ruatha umkamen?«

»Er schätzt Alessan. Der Junge hätte es hier besser, und Bestrum weiß das. Ist ein anständiger Mann, jawohl, das ist er.«

»Sicher. Sonst hätte er euch nicht hergeschickt.« Dag

nickte anerkennend. Dann musterte er Pol mit zusammengekniffenen Augen. »Wie lange kann er euch entbehren? Ich muß die anderen Stuten zu den Hengsten bringen, und mit meinem kaputten Bein ...«

»Du weißt doch, daß ich dir helfen werde, Dag!« fauchte Fergal und warf Pol einen zornigen Blick zu.

»Das wirst du auch, mein Junge, aber es gibt mehr Arbeit, als wir beide bewältigen können.«

»In den Bergen kommt das Frühjahr später«, meinte Pol.

»Es kann noch eine Weile dauern, bis die uns brauchen«, setzte Sal hinzu.

»Soll ich das Thema zur Sprache bringen, wenn ich Bestrum und Lady Gana schreibe?« warf ich ein.

»Wäre vielleicht nicht schlecht.«

Tuero hatte herausgefunden, daß Lady Ganas Tochter zu den Opfern der ersten Grippewelle gehört hatte. Eine alte Dienerin hatte sie bis zuletzt gepflegt und war dann selbst der Epidemie erlegen. Beide ruhten im ersten Grabhügel. Der Sohn hatte sich mit Norman, dem Renn-Verwalter, um die Tiere gekümmert, bis sie ebenfalls erkrankten und starben. Sie waren im zweiten Grabhügel bestattet.

»Die Stute wird unruhig«, unterbrach Sal das Schweigen.

Fergal kletterte auf den Stapel mit den Strohballen, stellte sich auf Zehenspitzen und reckte das Kinn, um über den Rand der Box zu schauen.

»Es geht los«, erklärte er mit solcher Autorität, daß ich ein Lachen unterdrücken mußte.

Keiner der Männer zweifelte seine Feststellung an. Wir hörten, wie sich die Stute in das aufgeschüttete Stroh fallen ließ. Tiere ertragen eine Geburt im allgemeinen viel gelassener als Menschen. Sie schrie und kreischte nicht, wie es gebärende Frauen tun, und sie verfluchte auch nicht den Partner, der sie in diese mißliche Lage gebracht hatte.

»Hufe!« flüsterte Fergal. »Jetzt der Kopf. Normale Lage!«

Ich sah Dag an. Der kaute an einem Strohhalm und blinzelte mir zu.

»So!« ermunterte Fergal die Stute. »Noch einmal pressen, meine Schöne, nur noch einmal ... Siehst du, jetzt hast du es geschafft!«

Plötzlich wurde die Anspannung zu groß. Gleichzeitig rannten wir zur Box und spähten über die Trennwand. Die Stute befreite ihr Fohlen nach und nach von der Plazenta. Der Kopf kam zum Vorschein, und der feuchte kleine Körper begann zu zappeln. Es war unglaublich, mit welcher Kraft die überlangen Beine des Neugeborenen ausschlugen.

»He, ihr verstellt mir die Sicht!« rief Fergal. Er zwängte sich neben Dag und zog sich mit beiden Armen an der Trennwand hoch. »Was ist es? Was ist es denn?«

Aber das Fohlen ließ uns im unklaren über diese Frage. Es versuchte seine Beine zu ordnen, doch das schien ein hoffnungsloses Unterfangen. Die Stute stieß das Kleine mit der Schnauze an und versuchte es aufzurichten, aber es knickte wieder ein. Dann fand es Halt im Stroh, scharrte verzweifelt, stemmte sich mit gespreizten Beinen hoch – und stand. Der Schwanz peitschte hin und her.

»Ein kleiner Hengst!« schrie Fergal, der dieses Detail viel schneller erspäht hatte als wir Erwachsenen. Er riß die Tür auf und schoß in die Box. »Was bist du für ein braves Mädchen!« lobte er die Stute und tätschelte ihr die Nase. »Sieh mal den prächtigen Sohn, den du geboren hast!« Dann näherte er sich mit leisen Schnalzlauten dem Fohlen und strich ihm vorsichtig über die Mähne, um es an die Berührung durch Menschen zu gewöhnen.

Der kleine Hengst hatte noch genug damit zu tun, sich auf den Beinen zu halten. Er zeigte keinerlei Angst vor Fergal.

»Der Knirps hat was drauf, Mann!« knurrte Pol anerkennend.

»Auf der Bergweide half er bei drei Geburten, nachdem ich mir das Bein gebrochen hatte«, berichtete Dag voll Stolz.

Ich wandte mich zum Gehen. »Ich werde Baron Alessan Bescheid sagen.«

»Tun Sie das!« meinte Dag. »Je mehr gute Nachrichten er erhält, desto eher kommt er wieder auf die Beine.« Auf dem Weg zur Burg kam mir in den Sinn, daß diese Bemerkung erstaunlich einfühlsam für einen schlichten Mann wie Dag war.

Als ich in den Großen Saal zurückkehrte, war es bereits nach Mitternacht. Oklina und Desdra hatten sich zurückgezogen; vermutlich schliefen sie schon. Tuero saß Alessan gegenüber. Er hatte beide Ellbogen aufgestützt und redete umständlich auf den Burgherrn ein. Der war vornüber auf die Tischplatte gesunken und schlief.

»Das ist nur angemessen«, erläuterte Tuero gerade in einem sehr vertraulichen und geheimnisvollen Ton. »Wenn es einem Harfner nicht gelingt, die Wahrheit herauszufinden – und dieser Harfner ist ein schlauer Bursche, der so ziemlich alles herausfindet –, dann verdient er es nicht, noch einen zu heben. Habe ich recht, Alessan?«

Die Antwort war ein langgezogenes Schnarchen. Tuero starrte den Burgherrn einen Moment lang mitleidig und vorwurfsvoll zugleich an und schüttelte dann den Weinschlauch. Eine winzige Pfütze schwappte am Grund.

»Hat er das leergetrunken?« fragte ich, belustigt über

die Enttäuschung, die sich auf Tueros Zügen spiegelte. Seine lange, leicht nach links gebogene Nase zuckte.

»Mehr oder weniger. Zumindest ist er der einzige, der weiß, wo sich Nachschub befindet.«

Nun, ich wußte es ebenfalls, denn Oklina hatte mir den Weg zum Weinkeller gezeigt. Aber ich würde mich hüten, das Geheimnis zu verraten. Ich lächelte. »Das Fohlen ist ein Hengst, ein kräftiges Tier. Ich dachte, die Nachricht würde Baron Alessan freuen. Dag und Fergal sind noch im Stall und beobachten, ob der kleine Kerl richtig steht und trinkt.« Ich warf einen Blick auf den schlafenden Burgherrn. Jetzt, da er entspannt war, wirkte er um Jahre jünger. Die tiefe Trauer, die seine grünen Augen durchdrang, verbarg sich hinter den geschlossenen Lidern ...

»Ich weiß, daß ich Sie schon mal gesehen habe«, murmelte Tuero.

»Das kann ich mir nicht vorstellen. Ich gehöre nicht zu den Frauen, die sich Harfnergesellen einprägen müssen«, entgegnete ich. »Kommen Sie, Tuero! Wir müssen ihn nach oben bringen. Er braucht dringend etwas Schlaf.«

»Ich bin nicht so sicher, daß ich noch gehen kann.«

»Versuchen Sie es!« Ich bin groß, aber nicht so groß wie Tuero oder Alessan und nicht kräftig genug, um Alessan allein von der Bank hochzustemmen. So legte ich einen der schlaffen Arme um meine Schultern und befahl Tuero, der sich schwankend erhoben hatte, den Burgherrn von der anderen Seite zu stützen.

Alessan war schwer. Und Tuero stellte keine große Hilfe dar. Er mußte sich selbst am Treppengeländer festhalten und Stufe um Stufe hochziehen. Zum Glück befand sich Alessans Suite gleich am Anfang des Korridors. Im Wohnzimmer standen noch die Faltbetten, die zur Aufnahme der Gäste gedient hatten. Die Unordnung erschreckte mich, aber Alessan hatte bis jetzt wichtigere Dinge erledigen müssen. Vielleicht konnten wir in den nächsten Tagen damit beginnen, die Wohnquartiere etwas aufzuräumen.

Dann betraten wir das Schlafgemach. Ich holte mit einem Ruck die schwere Felldecke von Alessans Bett. Sie fiel zu Boden und wickelte sich um meine Füße, so daß ich stolperte. Alessan plumpste wie ein Sack auf sein Bett. Tuero umklammerte den Bettpfosten und murmelte eine Entschuldigung, als er bei dem Manöver ein Stück des Bettvorhangs herunterriß. Ich zog Alessan die Stiefel aus, lockerte seinen Gürtel und rollte ihn zur Mitte des Bettes, damit er nicht herunterfallen konnte.

»Wenn ich ...«, begann Tuero, als ich Alessan sorgfältig die Decke um die Schultern wickelte. Ein Lächeln glitt über die Züge des Schlafenden, und mir stockte der Atem. »Wenn ich ...« Tuero starrte mich an, wußte nicht mehr, was er sagen wollte, und ließ müde den Kopf hängen.

»Das Notbett steht immer noch im Nebenraum, Harfner.« Ich bezweifelte, daß ich noch die Kraft gefunden hätte, Tuero zu seinem Zimmer am anderen Ende des Korridors zu geleiten.

»Werden Sie mich auch zudecken?«

Tuero sah mich so flehend an, daß ich lachen mußte. Auf unsicheren Beinen folgte er mir nach nebenan. Ich nahm die Decke vom Lager und schüttelte sie. Mit einem dankbaren Seufzer streckte sich Tuero aus.

»Sie sind so gut zu einem müden, beschwipsten Harfner«, murmelte er, als ich die Decke über ihn breitete. »Eines Tages werde ich ...«

Er war eingeschlafen. Eines Tages würde sich Tuero vielleicht daran erinnern, daß er den Begriff ›Fort-Horde‹ geprägt hatte – ein Spottname, den die anderen begeistert aufgriffen, um mich und meine Geschwister damit zu ärgern. Möglicherweise würde das dann einen Schatten auf unser Verhältnis werfen. Aber das war im Grunde sein Problem.

Mein Problem bestand darin, daß ich allein zu Bett gehen mußte – und mir sehnlichst wünschte, daß mich ein ganz bestimmter Mann liebevoll zudeckte.

Kapitel IX

23. 3. 43

Hell und klar dämmerte jener folgenschwere Tag herauf. In der Luft lag ein Hauch von Frühling, doch er sollte bald von bitterem Reif erstickt werden. Trotz oder gerade wegen des vielen Weins, den wir am Vorabend getrunken hatten, erwachten wir ausgeruht und trafen uns zu einem ausgiebigen Frühstück. Alle strahlten, selbst Desdra, die nur selten ihre Gefühle offen zeigte. Wir verteilten am Frühstückstisch die Arbeit des Tages. Alessan lief zu den Ställen, um einen Blick auf das Hengstfohlen zu werfen; er war begeistert von dem kräftigen, lebhaften kleinen Kerl. Oklina und ich befahlen den Pfleglingen und einigen der genesenen Erwachsenen, die übriggebliebenen Glasbehälter in einem der leeren Ställe unterzubringen, und begannen dann den Großen Saal gründlich aufzuräumen.

Deefer begab sich mit ein paar Männern auf die Jagd. Wir alle fanden, daß ein paar fette Wildwhere aus den Hügeln eine willkommene Abwechslung sein würden. Das Fleisch der Herdentiere schmeckte zäh und ging allmählich zur Neige.

Ich überlegte insgeheim, wie man die Burg wieder in ihren alten Zustand versetzen könnte, und beschloß, am Abend mit Alessan über meine Pläne zu sprechen. Meiner Ansicht nach reichte eine Woche harter Arbeit, um die Spuren der Katastrophe zu beseitigen. Und ich glaubte fest, daß es Alessan gut tun würde, nicht auf Schritt und Tritt an die schlimmen Ereignisse erinnert zu werden. Gegen die Grabhügel konnten wir natürlich nichts tun, aber ich hoffte, daß im Laufe des Frühjahrs eine Grasdecke über die düsteren Erdwälle wachsen würde. Später – sehr viel später – konnte man sie vielleicht ganz einebnen.

»Drachen!« rief jemand vom Außenhof. Wir alle rannten los, um das Schauspiel zu betrachten. Als erster landete B'lerion auf seinem Bronzedrachen Nabeth. Oklinas schmales Gesicht strahlte vor Freude. Bessera, eine der Königin-Reiterinnen vom Hochland-Weyr, setzte ihr prächtiges goldschimmerndes Tier dicht neben Nabeth auf. Der große Vorplatz wirkte mit einem Mal eng und klein. Sechs weitere Bronzedrachen landeten auf der Straße zur Burg.

Oklina lief B'lerion mit dem Serum entgegen. Mir entging nicht, daß sich die Miene des Bronzereiters erhellte, als er sich von seinem Tier schwang. Oklina lächelte ihn verliebt an.

Jemand versetzte mir einen leichten Rippenstoß. Es war Desdra, die mir eine Kiste mit Serumflaschen entgegenstreckte. »Starr sie nicht so an, Rill! Alessan hat seine Zustimmung erteilt.«

»Ich – ich hatte es nicht so gemeint. Aber sie ist noch ein halbes Kind, und von B'lerion erzählt man sich allerhand.«

»Im Fort-Weyr reift ein Königinnen-Ei heran.«

»Aber Oklina wird hier gebraucht.«

Desdra zuckte mit den Schultern. Sie drückte mir das Serum in die Hand und gab mir einen aufmunternden Schubs. Ich setzte mich in Bewegung, aber meine Gedanken befanden sich in Aufruhr. Oklina war noch so jung, und B'lerion galt als Frauenheld. Hatte Alessan die Verbindung tatsächlich gebilligt? Merkwürdig. Er brauchte doch auch Oklinas Kinder, wenn das Geschlecht der Ruatha überleben sollte. Gewiß, es gab viele Königin-Reiterinnen mit Ruatha-Blut in den Adern, und sie brachten Kinder zur Welt wie ganz normale Frauen, wenngleich nicht so viele. Aber ich stellte mir das Leben im Weyr nicht angenehm vor. Meiner Ansicht nach war die Bindung zwischen Reiter und Drachen zu stark und verzehrend. Oklina strahlte vor Glück, als sie zu B'lerion aufschaute, und darum beneidete ich sie ein wenig. Die großen schillernden Augen von Nabeth ruhten auf dem Paar, als wüßte der Drache genau, was zwischen den beiden vorging. Es war bekannt, daß die Drachen telepathische Kräfte besaßen. Ich weiß nicht, ob es nach meinem Geschmack gewesen wäre, ständig mit einem anderen Wesen meine Gedanken und Gefühle zu teilen. Aber als Drachenreiter gewöhnte man sich wohl daran.

Kaum hatten wir uns vom Abflug des ersten Drachenkontingents erholt, da tauchten bereits die Königinnen des Fort-Weyrs auf. Zu meiner Überraschung war auch Leri gekommen, die frühere Weyrherrin von Fort. Sie steuerte ihre alte Drachenkönigin Holth in den Hof, während Kamiana, Lidora und Haura auf der Straße landeten. Als nächste erschienen S'peren und K'lon. Leri scherzte gutgelaunt mit Alessan und Desdra, aber ich bemerkte, daß sie insgeheim Oklina beobachtete. Das gleiche tat Holth. Offenbar war die Entwicklung noch ziemlich neu. Ich erinnerte mich plötzlich an meine Ankunft auf Ruatha. Sie lag erst drei Tage zurück, aber es hatte sich so viel ereignet, daß mir diese Zeit wie drei Monate erschien. Alessan und Moreta hatten damals auch so glücklich ausgesehen wie Oklina. Versuchte sich Leri persönlich ein Bild von der Situation zu machen?

Die Weyr hatten das Recht, in Burgen und Gehöften nach geeigneten Kandidaten für die Gegenüberstellung zu suchen, ganz besonders dann, wenn in der Brutstätte ein Königinnen-Ei heranreifte. Aber Oklina war so jung, so unerfahren. Dann schalt ich mich, daß ich Kritik an meinem neuen Burgherrn übte. Seine Entscheidungen gingen mich nichts an. Außerdem neigte ich dazu, mir zu viele Sorgen zu machen und in allen Dingen sofort die negative Seite zu sehen.

Gegen Mittag fanden wir Zeit für einen Teller Suppe und etwas Brot. Die meisten Serumbehälter waren abgeholt. Ich versuchte mir ein Bild von der Verteilungsstrategie zu machen. Es dauerte knapp fünf Minuten, bis ein Drache landete. Wenn wir so rasch wie möglich arbeiteten, benötigten wir weitere fünf Minuten, um den Reitern die Flaschen zu überreichen. Ehe die Drachen wieder am Himmel kreisten, vergingen noch einmal drei bis vier Minuten. Auch wenn der eigentliche Flug im *Dazwischen* nur ein paar Sekunden in Anspruch nahm, verstrich insgesamt mindestens eine halbe Stunde, bis das Serum an Ort und Stelle abgeliefert war. Bei den vielen Burgen und Höfen im Westen, in Süd-Boll, Crom, Nabol und Fort sowie den weitverstreuten Siedlungen in Ruatha, Ista und dem Westen von Telgar hätte man die Drachenreiter sämtlicher Weyr für diese Aktion einsetzen müssen. Aber es waren nur acht vom Hochland, sieben von Fort und sechs von Ista.

»Zerbrich dir nicht den Kopf darüber, Rill!« riet mir Desdra mit schwachem Lächeln. »Es ist zu schaffen, wenn man die besonderen Fähigkeiten der Drachen berücksichtigt.«

Dieser Hinweis verwirrte mich noch mehr, aber in diesem Moment landeten die Drachenreiter von Ista und Fort, um ihre letzte Lieferung in Empfang zu nehmen. Die Tiere wirkten ein wenig fahl – kein Wunder, denn die Passage im *Dazwischen* forderte noch mehr Kraft als die häufigen Start- und Landeflüge. Leri sah völlig erschöpft aus, aber sie war auch die älteste Königin-Reiterin von Fort. Daß sie sich überhaupt auf eine so schwere Aufgabe einließ, zeugte von ihrem sehr starken Verantwortungsgefühl für Pern und die Weyr.

Plötzlich bäumten sich die Königinnen hoch auf und trompeteten empört los. Der einzige blaue Drache in der Gruppe duckte sich ängstlich. Leri sah ebenso wütend aus wie die übrigen Königin-Reiterinnen. Zwischen Tieren und Menschen schien eine hastige lautlose Konferenz stattzufinden. Da ich Leri am nächsten stand, winkte sie mich heran und reichte mir kurzentschlossen die Serumbehälter, die ich ihr eben erst ausgehändigt hatte.

»Gib das S'peren, mein Kind! Er wird den Impfstoff für mich verteilen.«

Eine Staubwolke hüllte mich ein, als Holth einen kurzen Anlauf nahm und sich in die Luft schwang. Kaum hatte die alte Drachenkönigin den Außenwall von Ruatha überflogen, da verschwand sie auch schon im *Dazwischen*. Ein kalter Windstoß ließ mich frösteln. Auch die anderen Königin-Reiterinnen wirkten mit einem Mal ernst und grimmig. Ich verstand das nicht. Die Verteilung des Serums hatte geklappt, und eigentlich gab es eher einen Grund zur Freude und zum Feiern. Langsam kehrte ich zur Burg zurück.

»Das hier kommt in die Kühlräume«, befahl Alessan und deutete auf die Kisten mit dem übriggebliebenen Serum. Wir hatten etwas mehr Impfstoff als nötig hergestellt, falls auf dem Transport der eine oder andere Behälter zerbrach. »Sobald der ganze Wirbel vorbei ist, bringen wir das Zeug zu den Zuchtställen von Keroon. Der dortige Herdenmeister – wer immer das sein wird – kann den Impfstoff vermutlich gut gebrauchen. Ich bin sicher, daß man in Keroon oder Telgar noch die eine oder andere verlassene Renner-Herde entdeckt. So viele Höfe stehen völlig leer.«

Während wir das Serum verstauten, traf Deefer mit

seinen Jägern ein. Triumphierend schwenkten sie die Beute – gut ein halbes Dutzend fetter Wildwhere.

»Heute abend wird gefeiert! Oklina, Rill – untersucht mal die Speisekammern! Vielleicht findet ihr die Zutaten für ein richtiges Festmahl. Das ewige Stew hängt mir allmählich zum Hals heraus.«

Die Ankündigung löste Jubel aus, und einige der Leute erboten sich, in der Küche zu helfen. Andere entrümpelten den Großen Saal und stellten die schweren Tische auf, die man nach dem Fest so achtlos in einer Kammer gestapelt hatte. Einige trugen noch Tischdecken mit Fett- und Weinflecken. Oklina und ich nahmen sie hastig ab und brachten sie in die Waschküche.

»Ich gehe nur ungern fort von hier«, sagte Desdra zu mir, während sie ihre Instrumente und Aufzeichnungen verstaute. »Ruatha erholt sich rasch – auch wenn es im Moment nicht danach aussieht ...« Sie deutete auf die Unordnung.

»Sie und Meister Capiam müssen uns bald besuchen!« rief Oklina mit leuchtenden Augen. »Sie werden sehen, wie Ruatha dann strahlt, nicht wahr, Rill?«

»Gebt mir nur die nötige Ellbogenfreiheit, und ich bringe die Burg auf Hochglanz!« erklärte ich mit solchem Nachdruck, daß Desdra lachte.

Dann blinzelte sie mir zu und sagte so leise, daß es Oklina nicht hören konnte: »Ich glaube, Sie haben die richtige Entscheidung getroffen. Auf Burg Fort wurden Ihre Fähigkeiten nie richtig anerkannt. Und es tut mir nachträglich leid, daß ich Ihr Angebot falsch verstand und ablehnte. Sie wären in der Heiler-Halle eine große Hilfe gewesen.«

»Mein Vater hätte mich zurückgeholt«, entgegnete ich, erleichtert darüber, daß Oklina sich entfernte. »Hier dagegen stehe ich auf eigenen Füßen und weiß, daß man meine Leistungen objektiv beurteilt, weil niemand meine Herkunft kennt. Ich glaube, daß ich auf Ruatha gebraucht werde, besonders wenn Oklina ...« Ich machte eine Pause und wußte nicht recht, wie ich fortfahren sollte.

Desdra zog eine Augenbraue hoch. Ich wußte sofort, was sie dachte, und winkte ärgerlich ab.

»Ach, das ist doch Unsinn, Desdra! Ruatha gehört zu den angesehensten Burgen des Landes – auch wenn hier im Moment Chaos herrscht. Und Alessan hat sich durch sein Verhalten nach der Katastrophe die Achtung von ganz Pern errungen. Jeder Baron wird ihm mit Freuden seine heiratsfähigen Töchter anbieten, sobald man wieder normal reisen kann.«

»Ihr Rang ist seinem ebenbürtig, Lady Nerilka.«

Ich schüttelte vehement den Kopf. »Mein Rang *war* seinem ebenbürtig. Deshalb möchte ich auch, daß wir das ›Du‹ beibehalten, Desdra. Es befriedigt mich ganz einfach, ein Teil von Ruathas Zukunft zu sein. Auf Fort hatte ich keine.«

Desdra musterte mich ruhig und nickte. »Soll ich jemanden grüßen oder einweihen? In aller Diskretion natürlich.«

»Wenn du willst, kannst du Onkel Munchaun berichten, daß du mich auf deinen Reisen getroffen hast und daß es mir gut geht. Er wird meine Schwestern beruhigen.«

»Auch Campen machte sich große Sorgen um dich. Er und Theskin suchten einen Tag lang die umliegenden Hügel ab, weil sie dachten, dir sei beim Kräutersammeln etwas zugestoßen.«

Mit einem Nicken akzeptierte ich Campens Treue und Desdras unausgesprochene Bitte.

Ich erinnere mich, daß ich im Großen Saal stand und überlegte, ob wir den beißenden Rotwurz-Gestank je wieder vertreiben könnten. In diesem Moment schrie

Oklina, die gerade ein paar polierte Kupfergefäße auf dem Kaminsims verteilte, laut auf und begann zu schwanken. Desdra war mit einem Schritt neben ihr und fing sie auf. Zugleich kam Alessan mit kalkweißem Gesicht aus dem kleinen Büro gestürmt, das Follen in jüngster Zeit so oft als Untersuchungsraum gedient hatte.

»MORRRETTTAAA!« Alessans Schrei war der Schmerz eines Menschen, der bereits zu viel Kummer und Leid ertragen hatte. Er sank in die Knie und trommelte mit beiden Fäusten auf die Steinfliesen ein, während ein wildes Schluchzen seinen Körper schüttelte. Follen versuchte ihn hochzureißen, aber vergeblich.

Ich konnte den Anblick nicht ertragen und lief zu ihm, kniete neben ihm nieder und preßte seine wundgeschlagenen Fäuste gegen meine Schenkel. Er umklammerte mich so heftig, daß ich einen Aufschrei unterdrückte, aber dann vergrub er seinen Kopf in meinem Schoß und ließ seinem Kummer freien Lauf.

Moreta! Welches Unheil mochte ihr im Fort-Weyr zugestoßen sein? Ich wußte, daß sich ihre Königin in der Brutstätte befand, dem sichersten Ort des ganzen Weyrs.

Alessans Arme umkrampften meine Hüften, und seine Finger krallten sich in meinen Rücken, während er gegen das neue, furchtbare Leid ankämpfte. Ich drückte ihn so fest an mich, wie ich nur konnte, murmelte besänftigende Worte und versuchte zu begreifen, was geschehen war.

Ich merkte, daß Follen und Tuero neben uns standen, aber ihre Worte gingen in Alessans heftigem Schluchzen und dem Scharren seiner Stiefel unter. Sein ganzer Körper bäumte sich gegen die neue Tragödie auf.

»Laßt ihn weinen!« sagte ich. »Nur so löst sich der Schmerz. Was kann Moreta zugestoßen sein?«

Desdra gesellte sich zu uns. »Schwer zu sagen. Auch Oklina hat das Bewußtsein verloren. Ich begreife das nicht. Er ist kein Reiter, sie noch keine Kandidatin.«

Wir hörten einen langgezogenen Schrei, schriller und lauter, als er je aus der Kehle des Wachwhers kommen konnte.

»Beim Ei!« wisperte Desdra.

Ich schaute auf und sah B'lerion die Stufen zur Burg heraufstürmen. Jede Farbe war aus seinem Gesicht gewichen, und sein Blick wirkte völlig erloschen. Nabeth hatte sich entsetzlich verändert. Seine Haut wirkte stumpf und grau. Es war das Wimmern des Bronzedrachen, das wir gehört hatten.

»Oklina!« rief B'lerion und sah sich suchend um.

»Sie ist ohnmächtig, B'lerion.« Desdra deutete auf einen der Tische. Dort lag das junge Mädchen, betreut von einer Dienerin. »Was ist mit Moreta geschehen?«

B'lerions Augen füllten sich unvermittelt mit Tränen. Seine Blicke wanderten von Oklina zu Alessan, der immer noch vom Schluchzen geschüttelt wurde. Dann senkte der Reiter den Kopf auf die Brust und ließ die Schultern hängen. Tuero und Follen stützten ihn.

»Moreta ging ins *Dazwischen!*«

Ich begriff nicht gleich, was er damit meinte. Drachen und ihre Reiter gingen so oft ins *Dazwischen*.

»Auf Holth. Die Weyrführer von Telgar verhinderten, daß ihre Reiter das Serum verteilten. Moreta sprang ein. Sie kannte Keroon am besten. Aber Holth war bereits von den vorangegangenen Flügen erschöpft. Sie verirrten sich im *Dazwischen*. Und starben!«

Ich drückte Alessan noch fester an mich. Meine Tränen vermischten sich mit den seinen, aber mein Schmerz galt im Moment eher ihm als der tapferen Weyrherrin. Wie konnte er diese dritte Tragödie überstehen? Er hatte sich so mutig gegen die Seuche zur

Wehr gesetzt und länger um Suriana getrauert, als es die meisten anderen Männer getan hätten. Ich dachte an meinen Vater, und Verachtung stieg in mir auf. Gab es überhaupt keine Gerechtigkeit mehr auf der Welt? Alessan wurde von einem Schicksalsschlag nach dem anderen heimgesucht, während Tolocamp ein unverdientes Übermaß an Gesundheit, Wohlstand und Sinnenfreuden genoß.

Mir dämmerte in diesem Moment, weshalb Alessan an jenem Tag, als ich nach Ruatha kam, so glücklich ausgesehen hatte. Ich wußte nicht, wann und wie er und Moreta Zeit für ihre Liebe gefunden hatten; die sechs Gefährten waren höchstens eine Stunde von Ruatha fort gewesen. Aber ich verstand nun besser, weshalb Alessan das Verhältnis zwischen Oklina und dem Bronzereiter B'lerion billigte. Und daß die Weyrherrin Trost bei dem jungen Burgherrn gesucht hatte, konnte ich ihr nachfühlen. Sh'gall war alles andere als ein angenehmer Partner. Arme Moreta. Armer, armer Alessan. Was konnte ihm jetzt noch helfen?

Desdra wußte es. Sie wartete, bis Alessans Schluchzen allmählich verebbte. Dann richteten sie und Tuero ihn auf. Meine Beine waren eingeschlafen, und ich konnte mich kaum noch rühren. Aber ich hielt seinen Kopf, während Desdra ihm einen Becher Wein einflößte, den sie mit Fellis-Saft vermischt hatte.

Der Ausdruck in seinen Augen wird mich mein Leben lang verfolgen: verloren, völlig verloren, fassungslos angesichts des Verlustes – und unendlich traurig. Er hatte den Becher leergetrunken, und es war eine Gnade für ihn wie für uns, daß der Fellis-Saft sofort wirkte.

Sie trugen ihn in sein Schlafzimmer, und ich erklärte mich bereit, an seiner Seite zu wachen, obwohl Desdra mir versicherte, daß er bis zum nächsten Tag durchschlafen würde.

»Was können wir für ihn tun, Desdra?« fragte ich, immer noch erschüttert von seinem Leid. Unwillkürlich liefen mir Tränen über die Wangen.

»Meine liebe Lady Nerilka, wenn ich darauf eine Antwort wüßte, wäre ich dem Meisterheiler überlegen.« Sie schüttelte langsam den Kopf und drückte damit die Hilflosigkeit aus, die auch ich empfand. »Es kommt ganz darauf an, ob er unseren Beistand annimmt. Wie grausam dieser neue Verlust ist – wie grausam und sinnlos!«

Wir zogen ihn aus und breiteten die Felldecke über ihn. Er sah um Jahre gealtert aus. Die Augen waren tief in die Höhlen gesunken, die Lippen zusammengepreßt. Seine Züge wirkten wächsern. Desdra fühlte seinen Puls und nickte erleichtert. Dann setzte sie sich auf die Bettkante und stützte den Kopf müde gegen einen der Pfosten.

»Er hat Moreta geliebt?« fragte ich.

»Es geschah, als wir damals die Nadeldornen sammelten. Was war das für ein herrlicher Tag!« Sie seufzte, und der Hauch eines Lächelns huschte über ihre sonst so strengen Züge. »Wenigstens dieses Glück konnten sie genießen. Und, so hart und bitter das im Moment klingen mag – für den Fortbestand von Ruatha ist dieses Unglück vielleicht ein Segen.«

»Weil Alessan Nachkommen braucht?« Noch nie in der Geschichte von Pern war eine Weyrherrin die Gemahlin eines Erb-Barons geworden; den umgekehrten Fall gab es häufiger. Außerdem hatte Moreta ein Alter erreicht, in dem sie nicht mehr ohne Risiko gebären konnte. Nun, Alessan hätte eine zweite Frau nehmen können. Zur Sicherung der Erbfolge konnte ein Burgherr in seinem Herrschaftsbereich sogar eigene Gesetze erlassen. Diesen Grundsatz hatte man den Fort-Töchtern von frühester Jugend an eingeprägt.

»Oklinas Kinder sollten hier aufwachsen«, meinte Desdra.

»Aber das würde niemals reichen – bei all den Verlusten, die Ruatha erlitt!«

»Sie müssen ihm Ihre wahre Herkunft verraten, Lady Nerilka!«

Ich schüttelte den Kopf, noch während sich der Gedanke in meinem Gehirn festsetzte, dieser aussichtslose, völlig unmögliche Gedanke. Er brauchte eine Frau, die schön und anziehend war, klug und charmant – eine Frau, die ihn vergessen ließ, was er durchgemacht hatte.

Desdra erhob sich und sagte, sie wolle dafür sorgen, daß man mir etwas zu essen brächte. Ich war zu erschöpft, um zu entgegnen, daß ich wahrscheinlich keinen Bissen hinunterbrächte.

KAPITEL X

24. 3. 43 – 23. 4. 43

Ich weiß nicht mehr genau, wie wir die nächsten Tage durchstanden. B'lerion kümmerte sich um Oklina. Es zeigte sich immer deutlicher, daß ihre Zukunft dem Weyr gehörte. Sie hatte das Entsetzen der Drachen gespürt – ein seltenes Talent, wenn jemand weder Drachenreiter war noch zur Gemeinschaft des Weyrs gehörte. Daß Alessan auf telepathischem Wege Kunde von Moretas Tod erhielt, blieb allen bis auf Desdra und Oklina ein Rätsel. Ich reimte mir die Geschichte nach und nach zusammen, unterstützt von einer wachsenden Intuition in allen Angelegenheiten, die Alessan betrafen.

Die Drachenreiter und ein Großteil der Weyrbewohner hatten das tragische Ende von Moreta und Holth unmittelbar miterlebt. Später erfuhren wir von B'lerion, daß die Disziplin und die Gesetze der Weyr verschärft worden waren, um in Zukunft ähnliche Katastrophen zu vermeiden.

Es hatte damit begonnen, daß verwundete Reiter ihre Drachen baten, mit einem unverletzten Ersatzmann zu fliegen, um die Geschwaderstärke während des Sporenkampfes nicht zu vermindern. Zwar besaß jeder Drache seine ganz speziellen Fluggewohnheiten, die nur sein Partner kannte und verstand, aber im Prinzip konnte jeder Reiter mit jedem Drachen fliegen. Leri traf keine Schuld, daß sie diese Gepflogenheit mitgemacht und Moreta ihre Königin in dieser besonderen Notlage überlassen hatte. Aber erschöpfte Reiter und Drachen begingen Fehler, und an jenem Spätnachmittag waren

Moreta und Holth über die Grenzen ihrer Kräfte hinausgegangen. Mir fiel ein, daß Holth damals dicht über dem Außenwall von Ruatha ins *Dazwischen* gegangen war.

»Genau«, bestätigte B'lerion mit leiser Stimme. »Holth besaß nicht mehr die nötige Sprungkraft in den Hinterbeinen. Vermutlich wechselte sie so rasch ins *Dazwischen,* daß Moreta ihr keine Bilder mehr vom Landeplatz übermitteln konnte. Und so blieben sie in der eiskalten Zwischenwelt gefangen.«

Später, als Meister Tirone eine Ballade über Moretas mutigen Ritt zu schreiben begann, bedrängten ihn die Weyrführer, Orlith und nicht Holth als Königin zu nennen. Die Wahrheit, so befürchteten sie, könnte zuviel Schaden anrichten. Auf diese Weise blieb einem Großteil der Bewohner Perns verborgen, was sich in den Tagen nach der Seuche wirklich abgespielt hatte. Und manchmal bedauerte ich, daß ich den wahren Ablauf kannte. Nicht, daß ich Moretas Tapferkeit schmälern wollte – aber es quälte mich, daß ein einziger Fehler solches Leid verursacht hatte.

Desdra, die mir inzwischen voll vertraute, erklärte auch, wie es die Drachenreiter geschafft hatten, den Impfstoff rechtzeitig in ganz Pern zu verteilen: Ihre Tiere konnten nicht nur von Ort zu Ort, sondern auch von einer Zeit in die andere wechseln – ein Talent, von dem nur Eingeweihte wußten. Doch die Zeitverzerrung, die bei solchen Sprüngen auftrat, zehrte an der Substanz von Drachen und Reitern – ein weiterer Faktor, der die Tragödie ausgelöst hatte. Denn nur durch eine Reihe von Zeitsprüngen war es Moreta und Holth gelungen, das Serum in der gesamten Ebene von Keroon zu verteilen. Und dabei hatten sie ihre Kräfte überschätzt.

Ein Weyr-Gericht befand einstimmig, daß Moreta am

Leben geblieben wäre, wenn M'tani sich nicht geweigert hätte, seine Reiter für die Aktion einzusetzen. Ich erfuhr nie, welche Strafe man über den Telgar-Weyr verhängte. Wenn Oklina es wußte, so erwähnte sie es nicht.

Ich verstand nun vieles besser – aber mein Wissen reichte nicht aus, um Alessan zu helfen. Er kam vierundzwanzig Stunden später zu sich. Ich war gerade ein wenig eingenickt und erwachte, als er sich auf seinem Lager umherzuwälzen begann. Als ich seinen gequälten Blick sah, hatte ich das Gefühl, daß er dem Wahnsinn nahe war.

»Desdra hat mir ein Schlafmittel verpaßt, nicht wahr?« Ich nickte, und er stieß einen heiseren Fluch aus. »Es hilft nicht. Nichts hilft mehr. Wißt ihr inzwischen, was geschehen ist?«

Also schilderte ich ihm die Ereignisse. Ich versuchte leise und ruhig zu sprechen, aber meine Kehle war wie zugeschnürt. Der Schmerz, der von Alessan ausging, war greifbar, rollte wie eine schwere Woge über mich hinweg. Als ich schwieg, starrte er mich mit brennenden Augen an.

»Leri und Orlith sind noch am Leben?« Das klang wie eine Anschuldigung.

»Die Eier! Orlith bleibt, bis sie ausgebrütet sind, und Leri betreut sie.«

»Tapfere Leri! Brave Orlith!« Sein Hohn ließ mich zusammenzucken, aber sein starrer Körper und die geballten Fäuste verrieten mir, welcher Kampf in seinem Innern tobte. »Drachen und Reiter haben manche Vorteile, die unsereinem versagt bleiben. Warum mußte mein Vater mich zurückhalten, als ich damals bei der Suche auserwählt wurde? Mein Leben hätte ganz anders verlaufen können ...« Er wandte sich ab und starrte aus dem Fenster. Dann, als sein Blick auf die Grabhügel fiel, drehte er sich mit einem Ruck um und schloß die Augen.

»Du hast also meinen Schlaf bewacht, Rill. Und so-lange ich wach bin, wird mir vermutlich ein anderer Schutzengel auf Schritt und Tritt folgen, um zu verhindern, daß ich aus einem Leben gehe, das keinen Sinn mehr für mich hat ...«

In diesem Moment brach mein eigener Kummer durch. Ich war nicht mehr die vernünftige, pflichtbe-wußte Älteste der Fort-Horde, sondern Surianas Freundin, die neue Wirtschafterin auf Ruatha – und eine Frau, die Alessan weit mehr schätzte, als sie es sich einge-stand. Jeder Kummer läßt sich ertragen. Die Zeit heilt die tiefsten Wunden des Herzens – aber um diese Zeit mußte ich kämpfen.

»Selbst wenn Sie nicht mehr leben wollen, Alessan – Sie sind Erb-Baron von Ruatha und *dürfen* nicht ster-ben!«

»Ruatha ist nicht mehr Grund genug für mich, am Leben zu bleiben«, entgegnete er bitter. »Es hat schon einmal versucht, mich umzubringen.«

»Und Sie haben gekämpft und das Steuer herumge-rissen! Keiner außer Ihnen hätte das geschafft. Sie ha-ben sich Würde und Ehre errungen.«

»Was zählen Würde und Ehre da draußen?« Er deute-te, ohne sich umzudrehen, zu den Erdhügeln vor dem Fenster.

»Noch atmen Sie, und Sie sind ein Ruatha!« Ich hatte mit Schärfe gesprochen. Vielleicht konnte ich ihn auf diese Weise aufrütteln und von dem Kurs abbringen, den er eingeschlagen hatte. Aber Pflicht, Ehre und Tra-dition waren ein schaler Ersatz für Moretas Liebe. »Als Ihre Untertanin, Baron Alessan, verlange ich, daß Sie am Leben bleiben, bis Sie einen Sohn in die Welt gesetzt haben, der eines Tages Herr über Ruatha wird!« Ich war selbst verblüfft über meinen scharfen Tonfall, und Alessan musterte mich mit gerunzelter Stirn. »Außer es stört

Sie nicht, daß Fort, Tillek und Crom sich nach Ihrem Tod um Ihren Besitz streiten werden! Dann mische ich Ihnen eigenhändig die nötige Dosis Fellis-Saft in Ihren Wein, und Sie können ein Ende machen.«

»Ein Handel also!« Mit einer Schnelligkeit, die ich dem gebrochenen Mann nicht zugetraut hatte, sprang er auf und streckte mir die Hand entgegen. »Abgemacht, Lady Nerilka! Sobald Sie schwanger sind, werde ich diesen Becher leertrinken!«

Ich starrte ihn an, entsetzt über die Reaktion, die meine Worte ausgelöst hatten. Er legte meinen Appell völlig falsch aus, schob mir persönliche Motive unter ... Dann erst dämmerte mir, daß er meinen wahren Namen kannte.

»Ihre Eltern förderten die Verbindung mit allen Mitteln!« Seine Stimme klang schneidend.

»Aber dabei dachten sie nie und nimmer an mich!«

»Warum nicht, Nerilka? Sie haben bewiesen, daß Sie das Zeug zur Burgherrin besitzen. Weshalb sonst sind Sie so plötzlich hier aufgetaucht? Oder wollten Sie Rache nehmen, weil Ihre Angehörigen durch meine Schuld ums Leben kamen?«

»Nein! Beim Ei! Ich konnte das Leben auf Fort nicht mehr ertragen, nachdem Tolocamp Schande über uns alle gebracht hatte. Wie hätte ich noch daheim bleiben können, nachdem er den Heilern Arzneien, Nahrung und Hilfe versagte? Daß ich hierherkam, beruht auf einem Zufall. Ich war gerade bei Bestrum, um das Serum abzuliefern, als M'barak landete und nach Leuten suchte, die mit Rennern umgehen konnten. Aber woher wissen Sie, wer ich bin?«

»Durch Suriana!« Ärger schwang in seiner Stimme mit, aber dann wandte er wieder das vertraute Du an. »Du warst ihre Ziehschwester, Rill. Und du weißt, daß sie alles und jeden zeichnete. Es gab unzählige Skizzen von dir. Ich erkannte dich sofort, als du vor mir standest. Allerdings wußte ich nicht, was dich nach Ruatha geführt hatte, und so machte ich das Spiel mit und wartete ab.« Dann schnippte er ungeduldig mit den Fingern. »Komm, Mädchen, schlag ein! Es ist kein schlechter Handel. Du wirst Herrin auf Ruatha und kannst schalten und walten, wie du willst, unabhängig von deinem Vater oder sonst einem Baron. Du hast doch keine Angst vor mir? Sicher weißt du von Suriana, daß ich ihr ein guter Partner war.«

Ich wußte es, auch wenn Suriana es nicht in Worte gekleidet hatte. Aber der Gedanke an die verstorbene Freundin und an Alessans fühlbare Trauer um Moreta trieb mir Tränen in die Augen.

»Sie sind ein guter, tapferer Mensch. Ich möchte nicht, daß Sie unter dem Druck der Umstände eine Entscheidung treffen, die Sie eines Tages bereuen.«

»Ich scheine das Unheil anzuziehen.« Seine Miene war verschlossen, und seine Stimme klang kalt. »Ich brauche kein Mitleid, Nerilka. Es nützt mir nichts mehr. Wirst du mir statt dessen ein Kind geben, damit das Geschlecht der Ruatha nicht ausstirbt? Und den Becher?«

Ich verstehe heute noch nicht, weshalb ich beide Bedingungen dieses absurden Handels akzeptierte, aber ich war damals wohl fest davon überzeugt, daß Alessan zur Vernunft kommen würde, wenn erst der schlimmste Schmerz überwunden war.

»Dann gehen wir an die Erfüllung des Vertrags.« Er zog mich mit harter Hand an sich, und ich riß mich mit einer Geste des Entsetzens los.

»Nein! Ich denke nicht daran, Anella zu imitieren!«

Alessan schaute mich wütend und verständnislos an.

»Tolocamp holte sich Anella ins Bett, noch ehe die Trommelbotschaft vom Tod meiner Mutter verhallt war.«

»Bei uns liegen die Dinge doch völlig anders, Nerilka!« Seine Augen brannten, und sein starrer Gesichtsausdruck erschreckte mich.

»Sie haben Moreta geliebt!«

Seine Wangenmuskeln begannen zu zucken. In seinen Augen glitzerte etwas wie Haß.

»Ist es das, was dich zurückhält? Jungfräuliche Scham wäre mir lieber gewesen. Rill, du hast dein Versprechen gegeben, und du bist es der Ehre von Fort schuldig, dieses Versprechen zu halten!«

Er verhöhnte mich. Der Druck auf meinem Handgelenk verstärkte sich. Ich versuchte mein Zögern in Worte zu kleiden, versuchte ihm klarzumachen, daß neues Leben nicht aus Bitterkeit und Haß entstehen sollte. In diesem Moment klangen draußen Schritte auf.

»Du bekommst einen kurzen Aufschub, Nerilka!« flüsterte er mir zu. »Aber denk daran – wir haben einen Vertrag geschlossen, und wir werden ihn erfüllen. Ich sehne mich nach diesem Becher!«

Tuero trat ein. Als er sah, daß Alessan wach war und mit mir sprach, zeichnete sich auf seinen Zügen Erleichterung ab. »Brauchen Sie etwas, Alessan?« erkundigte er sich.

»Meine Kleider.« Alessan streckte die Hand aus. Ich holte frische Sachen aus dem Schrank, und Tuero reichte ihm seine Stiefel. Er kleidete sich rasch an und verließ mit uns den Raum.

Mehr noch als sein Erscheinen löste sein Verhalten bei den Anwesenden im Großen Saal Befremden aus. Er schickte nach Deefer, ließ Dag holen und wollte wissen, wo sich Oklina befand. Als seine Schwester zusammen mit Desdra den Saal betrat, erkundigte er sich mit keiner Silbe, weshalb die Heilerin ihre Abreise verschoben hatte. Aber er wich zurück, als Oklina ihn umarmen wollte, und forderte Tuero und mich scharf auf, mit den anderen in sein Büro zu kommen. Dort erläuterte er mit beherrschter, tonloser Stimme, wie er sich den Wiederaufbau von Ruatha vorstellte, und er bat uns, unverzüglich alles Notwendige in die Wege zu leiten.

Alle waren erleichtert, daß er sich so vehement in die Arbeit stürzte. Außer mir schien niemand zu bemerken, daß er Ruathas Angelegenheiten ordnete, um für immer Abschied zu nehmen. Er packte mit an, wo es nötig war, und saß abends stundenlang mit Tuero zusammen, um Verwaltungsdinge zu erledigen. Trommelbotschaften wurden ausgesandt, und berittene Boten beförderten versiegelte Briefe. Einige der Nachrichten bekam ich mit. Alessan suchte nach Zuchtstuten für seine Hengste und forderte besitzlose Familien mit gutem Leumund auf, sich bei ihm als Pächter zu melden. Er schickte Leute zu Fuß und zu Pferde aus, um einen Überblick zu gewinnen, wie viele verlassene Höfe es gab, welche Herden überlebt hatten und welche Äcker bereits bestellt waren.

Die Betriebsamkeit wurde überschattet von Alessans düsterem Ernst. Als wir das Serum herstellten, hatten wir härter geschuftet, aber damals hatte Freude und Hoffnung unsere Arbeit beflügelt. Nun schien Alessan uns alle mit seiner Kälte angesteckt zu haben. Nicht einmal die Tatsache, daß die Spuren der Seuche nach und nach verschwanden und Ruatha in neuem Glanz erstrahlte, vermochte Begeisterung in uns zu wecken. Oklina pflanzte Frühlingsblumen rund um die Burg, in der Hoffnung, uns ein wenig aufzuheitern, aber viele davon verwelkten, als könnten auch sie in der frostigen Atmosphäre nicht überleben. Ich machte mir ständig Vorwürfe, daß ich die Schuld an Alessans schrecklicher Veränderung trug, weil ich nicht mit allen Mitteln versucht hatte, ihn von seinen Selbstmordplänen abzubringen.

Zehn Tage nach Moretas Tod saßen wir gerade schweigend beim Abendessen, als Alessan sich feierlich erhob und ein zusammengerolltes Pergament aus seinem Gürtel zog.

»Baron Tolocamp hat hiermit seine Zustimmung erteilt, daß ich seine Tochter Lady Nerilka zur Gemahlin nehme«, verkündete er in seiner schroffen, unbewegten Art.

Sehr viel später entdeckte ich im hintersten Winkel einer Truhe das Schreiben, das mein Vater an Baron Alessan abgeschickt hatte. Es lautete: »Wenn Sie auf Ruatha weilt – bitte, machen Sie mit ihr, was Sie wollen. Sie ist nicht mehr meine Tochter.« Alessan hätte meine Gefühle nicht schonen müssen. Aber seine Reaktion bewies, daß sich hinter der erstarrten Fassade ein weicher, mitfühlender Kern verbarg.

An jenem Abend machte sich ein verblüfftes Raunen in der Tischrunde breit, aber niemand achtete auf mich, nicht einmal Tuero. Desdra war fünf Tage zuvor in die Heiler-Halle heimgekehrt.

»Lady Nerilka?« fragte Oklina zaghaft und starrte ihren Bruder aus großen Augen an.

»Ruatha braucht einen Erben«, entgegnete Alessan und setzte trocken hinzu: »Rill versteht diese Notwendigkeit.«

Alle Blicke wandten sich mir zu. Ich wagte kaum, von meinem Teller aufzuschauen.

»Jetzt weiß ich endlich, woher ich Sie kenne!« rief Tuero. Er lächelte, das erste Lächeln auf Ruatha seit zehn Tagen. »Lady Nerilka!« Er stand auf und verneigte sich tief vor mir. Den anderen schien der Atem zu stokken.

Oklina sah mich einen Moment lang verwirrt an, dann sprang sie auf, lief um den Tisch herum und schloß mich in die Arme. »O, Rill – du bist wirklich Ne-

rilka von Fort?« Es gelang ihr nicht, die Tränen zurück-
zuhalten.

»Baron Tolocamp hat sein Einverständnis zu unserer
Ehe erklärt. Ein Harfner und genügend Zeugen sind
anwesend – also können wir das Bündnis nach Recht
und Sitte besiegeln!«

»Ohne jedes Fest?« fragte Oklina empört.

Ich nahm ihre Hand und drückte sie fest. »Ohne jedes
Fest, Oklina!« Meine Blicke baten um ihr Verständnis.
»Wir haben im Moment zu wenig Zeit und Geld für eine
große Zeremonie.«

Sie gab nach, aber auf ihrer glatten jungen Stirn
zeichnete sich eine scharfe Falte ab. Ich wußte, daß sie
sich Sorgen machte – um meinetwillen. Also erhob ich
mich, Alessan nahm meine Hand, und wir traten vor die
Versammelten. Alessan reichte mir eine goldene Ver-
mählungsmünze aus seinem Beutel und bat mich förm-
lich, seine Gemahlin und Burgherrin zu werden, die
Mutter seiner Kinder, geehrt und geachtet vor allen anderen Bewohnern Ruathas. Ich legte meine Hand auf
die Münze – später sah ich, daß der Tag unserer Eheschließung eingraviert war – und gab ihm feierlich mein
Heiratsversprechen. Bei den Worten »... die Mutter
deiner Kinder« schwankte meine Stimme ein wenig,
aber ich wußte, daß dies ein wichtiger Teil unserer Ab-
machung war.

Oklina bestand darauf, daß wenigstens Wein aufge-
tischt wurde, und bei einem Glas perlendem Weißen
von Lemos tranken alle Anwesenden auf unser Wohl.
Der Harfner hielt eine Festrede, aber kein Lächeln kam
dabei über seine Lippen, und er hatte auch kein Hoch-
zeitslied bereit. Ich bemühte mich, wie eine strahlen-
de Braut auszusehen, aber ich kämpfte mit den Tränen.

Später brachte Tuero das Familienbuch und trug un-

sere Namen in das Register ein. Ich war nun rechtmä-
ßige Herrin über Ruatha.

Alessan und ich zogen uns bald zurück. Er war sanft
und liebevoll, aber ich spürte, wie mechanisch er seiner
Pflicht nachkam, und in meinem Innern brannte der
Schmerz.

Sonst änderte sich nicht viel für mich. Für die meisten
auf der Burg blieb ich Rill, da ich wenig Wert auf Forma-
litäten legte. Onkel Munchaun schickte mir den Familienschmuck, den ich ihm in Verwahrung gegeben hatte, und meine Mitgift, eine kleine, aber wohlgefüllte
Geldkassette. Er schrieb mir auch, was Tolocamp geäu-
ßert hatte, als er erfuhr, wo ich mich aufhielt: »Offenbar
enden alle Frauen von Fort im Hause Ruatha. Wenn Nerilka Alessans Gastfreundschaft ihrem Elternhaus vor-
zieht, dann mag sie für immer dort bleiben.«

Onkel Munchaun wollte mir mit seinem Brief nicht
weh tun, sondern verhindern, daß ich Vaters Äußerung
von der falschen Seite erfuhr. Er selbst fand, daß ich genau das Richtige getan hatte, und er wünschte mir viel
Glück für die Zukunft. Ich bedauerte nur, daß Glück
nicht so handfest war wie Gold und Schmuck, sonst
hätte ich es Alessan zusammen mit meiner Mitgift über-
reicht. Mit großer Genugtuung fügte Onkel Munchaun
hinzu, daß Anella mein Verschwinden mit einem hysterischen Zornausbruch registriert hatte. Sie war zunächst
überzeugt davon gewesen, daß ich mich in einem Winkel der Burg versteckt hielt und schmollte. Schließlich
hatte sie sich bei Tolocamp beschwert – dem meine Abwesenheit bis dahin tatsächlich nicht aufgefallen war.

Ein steter Strom von Räderkarren und Planwagen
brachte Besitzlose und ihre Familien nach Ruatha.
Oklina und ich versorgten sie mit Essen, schickten die
Frauen mit ihren Kindern in die Waschhäuser und Ba-
deteiche und versuchten herauszufinden, welche von

ihnen besonders sauber und ordentlich waren. Tuero, Dag, Pol, Sal und Deefer führten bei einem Becher Klah oder einem Teller Suppe Gespräche mit den Männern. Follen untersuchte die Neuankömmlinge, um zu gewährleisten, daß sie keine Krankheiten einschleppten. Merkwürdigerweise hatte oft Fergal das letzte Wort, wenn es darum ging, die Leute als Pächter einzusetzen. Alessan gab viel auf sein Urteil, denn der Bengel horchte die Kinder aus und stieß dabei nicht selten auf Dinge, die uns die Erwachsenen vorenthielten.

Energiegeladene junge Männer aus Keroon, Telgar, Tillek und dem Hochland meldeten sich bei uns, meist die nachgeborenen Söhne von Nebenlinien, so daß sich die Hütten rund um die Burg wieder mit Leben füllten und wir keine Mühe hatten, tüchtige Verwalter und Dienstboten zu bekommen. Handwerker trafen ein; sie brachten Empfehlungsschreiben ihrer Gildehallen, Werkzeug und Arbeitsmaterial mit. Wenn ich zu den Stallungen ging, begegnete ich zufriedenen Frauen, die mich freundlich grüßten, und Kindern, die auf den Wiesen herumtollten, ehe Tuero sie zum Unterricht holte. Ganz allmählich verflog auch die Düsterkeit, die unsere Mahlzeiten im Großen Saal überschattet hatte. Die Entspannung hielt an, bis wir von M'barak erfuhren, daß die Eier in der Brutstätte reif waren.

Das brachte uns das furchtbare Geschehen wieder nahe, das Schicksal von Moreta, Holth, Leri, Orlith – und Oklina. Ich wurde schmerzhaft an mein Abkommen mit Alessan erinnert. Noch war es zu früh, um eine Schwangerschaft festzustellen. Dieser Gedanke erleichterte mich ein wenig und gab mir die Kraft, meinen Kummer zu verbergen.

Obwohl Alessan nie von der Gegenüberstellung sprach, stand für uns fest, daß er Oklina erlauben würde, ihren Platz unter den Kandidatinnen für das Königin-Ei einzunehmen. Wir alle wußten, daß B'lerion nicht nur zu Höflichkeitsbesuchen auf Ruatha weilte.

Ich war wie vom Schlag gerührt, als Alessan mich fragte, ob ich ein Festgewand für die Gegenüberstellung hätte.

»Du willst doch nicht hingehen?«

»Ich will nicht, nein! Aber der Erb-Baron von Ruatha und seine Gemahlin dürfen bei *dieser* Gegenüberstellung nicht fehlen. Oklina verdient unsere Unterstützung.« Sein Blick gab mir zu verstehen, daß er dieses Thema nicht eingehender besprechen wollte. Er stand schmutzig und schlammverspritzt vor mir, denn er war weit geritten, um einigen der Neuankömmlinge ihre Höfe und ihr Weideland zu zeigen. »Öffne die Truhen meiner Mutter! Sie hatte immer ein paar kostbare Stoffe beiseitegelegt. Leider bist du zu groß für die Roben, die sie anfertigen ließ.« Ein Schatten huschte über seine Züge, und er zog sich rasch ins Bad zurück.

Alessan kam Nacht für Nacht zu mir, sanft aber beharrlich, bis zum Morgen, da wir beide erkannten, daß ich noch nicht schwanger war. Meine Erleichterung war unsagbar, denn die Tatsache bedeutete, daß ich mindestens einen Monat Aufschub erhalten hatte – einen Monat in seiner Nähe. Ich konnte nicht länger leugnen, daß Alessan zum Mittelpunkt meines Lebens geworden war. Ich genoß jede Berührung und merkte mir jedes Wort, das er sprach. Ich hortete diese Dinge, wie andere Gold oder Edelsteine horten – ich wollte an ihnen zehren, wenn er nicht mehr bei mir war.

Während ich mit Oklina und zwei Frauen, die geschickt mit Nadel und Schere umgehen konnten, einen weichen roten Stoff zuschnitt und daraus mein Festgewand nähte, war mir leichter ums Herz als in den Tagen zuvor. Oklina hatte das schlichte weiße Gewand, das sie für die Gegenüberstellung brauchte, bereits heimlich in ihrem Zimmer angefertigt – sie wollte uns jeden Kummer ersparen. Wenn wir zusammen nähten, sprach sie viel von Ruatha und seiner Vergangenheit. Und als sie merkte, daß es mich nicht mehr schmerzte, von meiner Ziehschwester zu hören, erzählte sie sogar einige Anekdoten von Suriana.

Allmählich machte es mir Spaß, auf Ruatha zu leben, neue Fundamente zu errichten, neue Siedler und Pächter willkommen zu heißen. Wir besaßen kaum Vorräte, aber da meine Mutter mich stets zu äußerster Sparsamkeit erzogen hatte, fiel es mir leicht, den großen Haushalt zu verwalten. Die Truhe mit dem Geld, das Onkel Munchaun mir geschickt hatte, half uns über die erste Not hinweg. Auch die Heiler-Halle entlohnte uns für das Serum, das wir in solchen Mengen hergestellt hatten, mit Geld, Arzneien und Vorräten.

Alessan nahm die Entschädigung zähneknirschend an. Er wußte, daß man für Edelmut nichts kaufen konnte. Wir bestellten Ackergeräte, Pflüge, Wagen und Räder bei der Schmiedegilde und verrechneten sie mit den Pächterlöhnen. Ich saß abends oft ebenso lange über meinen Wirtschaftsbüchern wie Alessan über den Lohnlisten. Aber ich genoß die stillen Stunden in seiner Nähe, die nur ab und zu unterbrochen wurden, wenn Oklina uns eine Kleinigkeit zu essen brachte. Mir fiel auf, daß sich Alessan hin und wieder zu entspannen schien. Aber dann genügte ein Wort oder eine Geste, und er zog sich wieder zurück in seine Trauer und Isolation.

Kapitel XI

23. 4. 43

Die Trommeln verkündeten, daß Reiter im Anflug waren, um uns zum Fort-Weyr zu bringen. B'lerion holte Oklina ab. Er brachte einen prächtigen Umhang zum Schutz gegen die Eiseskälte im *Dazwischen* mit. Oklina, Alessan und ich warteten in Festkleidung auf der Burgtreppe, als er formell darum bat, Oklina als Kandidatin für das Königin-Ei in die Brutstätte bringen zu dürfen. Steif und ohne sichtbare Gefühlsregung legte Alessan Oklinas Hand in die von B'lerion und gab sie damit offiziell in die Obhut des Weyr.

Tränen schimmerten in den Augen des Bronzereiters, und dann schlang Oklina die Arme um den Hals ihres Bruders und begann heftig zu schluchzen. Alessan machte sich schweigend von ihr frei und schob sie auf B'lerion zu. Seine Miene wirkte versteinert, als der Bronzereiter Oklina wegführte. Ich wußte, wie schwer Alessan diese Trennung fiel, und ich senkte den Kopf, weil ich seine Verzweiflung nicht mitansehen konnte.

M'barak hatte geschwollene Augen, als er uns abholte, und mir stockte der Atem, denn ich kannte den Grund für seine Trauer. Dann aber nahm ich mir ein Beispiel an Alessans Haltung. Man mußte das Unvermeidliche akzeptieren.

Eine Gegenüberstellung sollte ein freudiges Ereignis sein, denn an diesem Tage fanden sich junge Menschen und junge Drachen zu einer Partnerschaft, die erst mit dem Tode wieder endete. Aber ich konnte mir nicht vorstellen, daß dieses Mal auch nur ein Funken von Freude aufkommen würde. Und die Ankunft im Fort-

Weyr bestätigte meine schlimmsten Befürchtungen. Die Reiter hatten geweint, und die Haut der Drachen war grau verfärbt. Die Gäste wirkten ernst und still, obwohl nicht alle wußten, daß Leri und Orlith im Morgengrauen für immer ins *Dazwischen* gegangen waren.

Trotz der Besucher-Scharen, die ein buntes festliches Bild boten, hörten wir kaum Gespräche, als wir durch den Weyrkessel zur Brutstätte gingen. Ich hoffte, daß sich die düstere Stimmung nicht auf die frisch geschlüpften Drachen übertragen würde. Nur keinen weiteren Fehlschlag, dachte ich, das wäre zuviel für mich!

So klammerte ich mich an das Wissen, daß ich noch einen Monat in Alessans Gesellschaft verbringen durfte, wenn wir diesen schrecklichen Tag überstanden. Ich mußte mir positive Dinge vorstellen. Meine Ehre und meine Würde standen auf dem Spiel. Ich sagte mir vor, daß ich jetzt Herrin auf Ruatha war, einer der ältesten Burgen von Pern, und daß Alessans Schwester eine Kandidatin für das Königin-Ei war. Ich hatte das Recht, heute stolz zu sein. So stand ich hoch aufgerichtet neben Alessan und hoffte aus ganzem Herzen, daß er durchhalten würde.

Er war blaß, wie ich mit einem raschen Seitenblick feststellte, aber der Stolz gab auch ihm Kraft. Als wir die Brutstätte betraten, reichte er mir den Arm. Ich war froh darüber, denn es fiel mir schwer, meine Würde beizubehalten, als der heiße Sand durch die dünnen Sohlen meiner Schuhe brannte. Alessan führte mich zu den oberen Rängen auf der linken Seite der Brutstätte. Sobald wir Platz genommen hatten, richtete er den Blick unverwandt auf die Eier, ganz besonders auf das Königin-Ei, das etwas abgesondert in einer Kuhle lag.

Da ich weder das Gelege noch Alessan ansehen konnte, ließ ich meine Blicke in der Brutstätte umherschweifen. Meisterheiler Capiam putzte sich gerade geräuschvoll die Nase. In seiner Begleitung befand sich Desdra, die stolz die Zeichen der eben erworbenen Meisterwürde trug. Angeblich wollte sie nicht in ihre eigene Gildehalle zurückkehren, wie es ursprünglich vereinbart gewesen war, sondern bei Meister Capiam bleiben. Ich glaubte, den Grund für diesen Entschluß zu kennen ...

Jetzt traf Tirone ein, wie immer von seiner Harfner-Schar umgeben. Dicht hinter ihnen betraten Baron Tolocamp und Anella die Brutstätte. Meine Stiefmutter hatte sich so herausgeputzt, daß der Tand ihr schmächtiges Figürchen zu erdrücken schien. Als sie mich bemerkte, wandte sie sich mit einem Ruck ab und zerrte meinen Vater auf die andere Seite der Tribüne – wohl um sich von mir und Alessan zu distanzieren. Die Ränge füllten sich. Weyrführer und Weyrherrinnen nahmen Platz, Barone und ihre Gemahlinnen, Handwerks- und Herdenmeister ... Ich sah, daß Falga humpelte, als sie den Sand überquerte. Ratoshigan kam allein wie immer. Mir wurde erstmals bewußt, daß ich durch meine Eheschließung mit Alessan zur Elite von Pern gehörte. Aber was bedeutete das schon? Von Telgar waren nur wenige Besucher gekommen; viele dagegen trugen das Abzeichen von Keroon.

Dann hörte ich das Summen der Drachen. Es begann leise und schwoll an, bis der Felsengrund der Brutstätte mitschwang. Der Chor vermittelte Melancholie, aber auch freudige Erwartung. Sh'gall selbst geleitete die Kandidatinnen herein. Er scheuchte die Jungen ungeduldig zu einem Halbkreis und brachte dann die vier Mädchen zum Königin-Ei. Das Summen steigerte sich zu einem hellen Willkommensschrei. Eines der Eier begann zu schaukeln, dann noch eines. Mein Herz schlug schneller. O bitte, Oklina, du mußt es schaffen! Es wäre ein Zeichen, daß noch alles gut wird, daß die Sorgen von Ruatha vergehen ...

Sie stand stolz und aufrecht da, nicht mehr das schüchterne, unauffällige Mädchen von früher, sondern eine selbstbewußte, würdevolle junge Frau. Ich hatte Tränen in den Augen. Unwillkürlich ballte ich die Fäuste. Ich spürte Alessans eiskalte Finger auf meinem Handgelenk.

Ein Ei zerbrach, und ein feuchter kleiner Drache arbeitete sich unter jämmerlichem Geschrei aus seinem Schalengefängnis. Es war ein Bronzedrache! Ein Seufzer der Erleichterung ging durch die Menge. Ein gutes Zeichen! Das kleine Geschöpf stolperte direkt auf einen hochgewachsenen Jungen mit einem dichten hellbraunen Haarschopf zu. Auch das war gut, ein Drache, der wußte, wen er als Partner wollte! Der Junge glaubte noch nicht recht an sein Glück und warf hilflose Blicke auf seine Nachbarn. Einer von ihnen schob ihn zu dem kleinen Geschöpf hin. Der Junge rannte los, kniete im Sand und streichelte dem Kleinen die Augenwülste.

Tränen strömten mir über die Wangen, und ich war nicht die einzige, die weinte. Ich hatte nicht gewußt, daß in meinem Innern so viele Tränen aufgestaut waren. Das Weinen half mir, den Druck und die Anspannung der letzten Wochen zu lindern. Es war, als würde ich aus einem langen dunklen Traum in den sonnenhellen Tag treten. Dann sah ich durch den Schleier meiner Tränen, daß ein kleiner blauer Drache ebenfalls seinen Partner gefunden hatte. Das Summen der erwachsenen Drachen wurde durch das Kreischen der Jungtiere und das aufgeregte Geschrei ihrer neuen Partner noch verstärkt.

Plötzlich hatten alle nur noch Augen für das Königin-Ei. Es schaukelte heftig hin und her. Alessans Finger auf meinem Handgelenk verkrampften sich, und ich spürte plötzlich, daß ihm der Ausgang dieser Gegenüberstellung weit wichtiger war, als er sich einzugestehen wagte – vielleicht weil er die Erfahrung gemacht hatte, daß immer dann Leid über ihn kam, wenn er Gefühle äußerte.

Das Ei kippte hin und her. Ein Riß klaffte in der Mitte der Schale, die Hälften fielen mit einem leisen Knirschen auseinander, und die kleine Königin drängte mit ungestümer Kraft ins Freie. Wieder ein ausgezeichnetes Omen!

Zwei der Mädchen beugten sich vor. Ich merkte, wie Alessan den Atem anhielt, aber seltsamerweise hegte ich nicht den geringsten Zweifel daran, wen die kleine Königin wählen würde. Entschlossen und mit großer Behendigkeit steuerte der feuchte goldene Winzling geradewegs auf Oklina zu. Ich merkte nicht, daß ich mich eng an Alessan schmiegte, aber ich spürte seinen Arm auf meinen Schultern, als Oklina sich mit leuchtenden Augen aufrichtete. Ihr Blick wanderte instinktiv zu B'lerion.

»Sie heißt Hannath!« rief sie. In ihrer Stimme schwangen Staunen und Jubel mit, und ihr Gesicht strahlte. So schön hatte ich sie noch nie gesehen.

»Sie wußte, daß Oklina es schaffen würde!« murmelte Alessan mit gebrochener Stimme, während er seine Schwester beobachtete. »Sie wußte es!« Mir war klar, daß er von Moreta sprach. Sein Arm hielt mich so fest, daß ich kaum noch atmen konnte. Ich spürte den Schmerz in seinem Innern, das harte Schlagen seines Herzens. Dann entrang sich seiner Brust ein Schluchzen, und er barg das Gesicht an meiner Schulter. Einen Moment lang standen wir engumschlungen da, dann trat Alessan einen Schritt zur Seite und starrte auf den Sand der Brutstätte hinaus. Ich weiß, daß er nichts sah, denn er rührte sich nicht, als Oklina und B'lerion zu uns heraufschauten. Ich gab den beiden durch ein Zeichen zu verstehen, daß wir nachkommen würden.

Die Stille in der Felsenhöhle war vollkommen, als sich die Ränge geleert hatten. Selbst das aufgeregte Geschrei im Weyrkessel drang nur gedämpft durch die dicken Wände. Schließlich hob Alessan den Kopf und ließ seine Blicke über die Tribüne der gegenüberliegenden Seite schweifen. Eine Veränderung schien in ihm vorgegangen zu sein, aber sie war so vage, daß ich sie nicht zu fassen bekam. Es war, als habe sich die Erstarrung in seinem Innern gelöst – in dem Moment, da Oklina die kleine Drachenkönigin für sich gewonnen hatte. Endete seine Trauer da, wo für sie ein neues Leben begann? Und würde er es schaffen, ebenfalls ein neues Leben zu beginnen?

»Dort drüben traf ich sie, als ich ihr Festgewand zurückbrachte.« Ich mußte mich anstrengen, um seine Worte zu verstehen. »Sie schenkte mir Hoffnung, verstehst du? Ich kann sie nie vergessen, Rill.«

Er hatte nicht geweint, obwohl seine Augen rotgerändert waren und sein Gesicht fleckig aussah. Er wischte mir die Tränen von den Wangen, wie es früher oft Onkel Munchaun getan hatte. Er lächelte nicht, aber er wirkte auch nicht so versteinert wie zuvor. Dann reichte er mir den Arm und geleitete mich die Stufen herab.

»Heute ist Oklinas Freudentag. Nichts, nicht einmal der alte Kummer, sollen einen Schatten auf ihr Glück werfen. Und – ich werde den Becher nicht mehr von dir fordern, Rill!« Da er auf die Stufen achtete, konnte er nicht sehen, daß ich schon wieder weinte. »Es gibt so viel Arbeit auf Ruatha, jetzt da wir Oklina an den Weyr verloren haben. Ich wollte ihr nicht im Wege stehen. Ich weiß, wie mir zumute war, als mein Vater mich nicht freigab. Heute bin ich froh über seine Entscheidung. Ich mußte wohl erst hierherkommen, um zu begreifen, daß Tod und Leben im steten Wechsel begriffen sind.«

»Ach, Alessan!«

Wir hatten den heißen Sand erreicht, und da ich nun nicht mehr auf meine Würde bedacht sein mußte, packte ich seine Hand und begann zu laufen. Ich mußte meine Freude irgendwie austoben, ehe sie mich erstickte. »Komm! Meine Sohlen brennen, und wir wollen nicht als letzte gratulieren!«

Mit einem leisen Lachen folgte mir Alessan aus der Brutstätte in den Weyrkessel, wo das Fest bereits begonnen hatte. Auf den Simsen am Rand des Kraters zeichneten sich Drachen gegen den Himmel ab. Und das Sonnenlicht tauchte sie alle in Gold.

KAPITEL XII

11. 3. 1553 – Intervall

Zehn Planetenumläufe sind seither vergangen. Die letzten fünf davon blieben verschont von Fädeneinfällen. Auf Ruatha gibt es kaum noch Spuren der furchtbaren Seuche. Die Grabhügel wurden eingeebnet, und üppiges Gras wächst da, wo sie aufragten.

Vieles hat sich verändert, seit der Rote Stern weitergezogen ist. Kamiana ist Weyrherrin auf Fort, und G'drel, der joviale vierschrötige Bronzereiter von Telgar, unterstützt sie bei ihrer Arbeit, seit sein Dorianth Pelianth auf dem Paarungsflug eroberte. Um Geschwaderführer Sh'gall ist es still geworden, aber G'drel und Kamiana besuchen uns oft, und G'drel zieht Alessan ständig mit seinem Renner Squealer auf. Das darf sich außer ihm nur noch Fergal erlauben – obwohl Alessan in den meisten anderen Dingen zugänglicher geworden ist.

B'lerions Nabeth besiegte alle anderen Bronzedrachen, als Hannath erstmals zum Paarungsflug aufstieg – ein Ergebnis, das im Grunde alle erwartet hatten. Oklinas beide Söhne spielen mit unseren Kindern – denn ich habe den ersten Teil meines Abkommens mit Alessan gleich fünffach erfüllt. Wir besitzen vier kräftige Söhne und eine Tochter, die wir Moreta nannten. Alessan möchte mir keine weiteren Schwangerschaften mehr zumuten, obgleich ich ihm versichere, daß ich mich in anderen Umständen stets großartig fühle und jede Geburt als großes Glück empfinde.

Er bringt es inzwischen sogar fertig, seine Liebe zu den Kindern offen zu zeigen. Anfangs täuschte er völlige Gleichgültigkeit vor – als würden zärtliche Gefühle sofort ein Unglück heraufbeschwören. Unsere Tochter Moreta – und Desdra hat mir mehr als einmal versichert, sie sei das schönste Kind, das sie je sah – gelang es, das Eis zu schmelzen. Sie strahlt, wann immer sie ihm begegnet, und ihre Freude ist ansteckend. Alessan wird wohl nie mehr so sorglos, fröhlich und heiter sein, wie Suriana ihn in ihren Briefen schilderte, aber er lächelt jetzt oft – über die Streiche seiner Söhne ebenso wie über Tueros umwerfenden Humor. Er freut sich, wenn Squealer ein Rennen gewinnt, und er ist seinen Besuchern ein zuvorkommender Gastgeber.

Sobald das Frühlingsgrün sprießt, wollen wir – in einem sehr bescheidenen Rahmen – unser erstes Fest geben. Hin und wieder zieht ein Schatten über Alessans Züge, wenn wir die Vorbereitungen besprechen, aber das war nicht anders zu erwarten, und ich gehe schweigend darüber hinweg.

Wenn er mich nicht so stürmisch und temperamentvoll liebt wie Suriana oder so verzweifelt wie Moreta, so herrscht zwischen uns doch ein inniges Verstehen, und es kann vorkommen, daß wir zur gleichen Zeit denselben Satz beginnen. Wir sind uns einig über die Verwaltung von Ruatha und die Erziehung unserer Kinder. Er lobt meine Arbeit, und dieses Lob empfinde ich als großes Geschenk, denn auf Fort erfuhr ich für mein Wirken niemals Anerkennung oder Dank.

Ganz allmählich schwindet seine Angst, daß er alles, was er liebt, wieder verlieren könnte, und wenn er nachts zu mir kommt, hält er weder den Schatten von Suriana im Arm noch den Traum von Moreta, sondern Nerilka, seine Frau.

Dies ist also das Ende einer Geschichte, die mit Leid und schweren Prüfungen begann und zu einem tiefen, dauerhaften Glück führte. Möge sie jenen Hoffnung geben, die am Schicksal verzagen.

HEYNE
BÜCHER

CYBERPUNK

**Die postmoderne Science Fiction
der achtziger Jahre**

HEYNE SCIENCE FICTION

**Wilhelm Heyne Verlag
München**

HEYNE
SCIENCE FICTION

SFCD-LITERATURPREIS 1990

als bester deutscher SF-Roman des Jahres

Originalausgabe

**Best.-Nr.
06/4557**

**Wilhelm Heyne Verlag
München**